Impasciences

Du même auteur

La Physique en questions
tome I, Mécanique
Vuibert, 1980 (nouvelle édition, 1999)
tome II (avec A. Butoli), Électricité et Magnétisme
Vuibert, 1982 (nouvelle édition, 1999)

L'Esprit de sel. Science, culture, politique
Fayard, 1981
Seuil, coll. « Points Sciences », 1984

Quantique
(avec Françoise Balibar)
tome I, Rudiments
Interéditions/CNRS, 1984 ; nouvelle édition, Masson, 1997.
Traduction anglaise (t. I) : Quantics (Rudiments),
North-Holland, 1990
tome II, Éléments (à paraître)

Mettre la science en culture
ANAIS, 1986

La Pierre de touche. La science à l'épreuve…
Gallimard, 1996
Traduction italienne : La Pietra del paragone, *Cuen, 1999*

Aux contraires. L'exercice de la pensée
et la pratique de la science
Gallimard, 1996
Traduction espagnole : Conceptos
contrarios, *Tusquets, 2002*

Jean-Marc Lévy-Leblond

Impasciences

Bayard Éditions

Le présent ouvrage comporte les textes de la chronique « Impasciences » parus dans *Eurêka* de 1996 à 2001, dont la plupart figuraient dans le volume initialement publié par Bayard en 2000, ainsi que des articles parus dans *Alliage (culture, science, technique)* et plusieurs textes inédits.

Les illustrations de Francis Masse ont été initialement publiées dans la plaquette de Jean-Marc Lévy-Leblond intitulée *Mettre la science en culture*, ANAIS, Nice, 1986.

ISBN 2-02-054137-8
(ISBN 2-227-13913-7, 1re publication)

© Bayard Éditions, 2000
© Seuil, 2003 pour les chroniques inédites
et pour la composition du présent volume

Le Code de la propriété intellectuelle interdit les copies ou reproductions destinées à une utilisation collective. Toute représentation ou reproduction intégrale ou partielle faite par quelque procédé que ce soit, sans le consentement de l'auteur ou de ses ayants cause, est illicite et constitue une contrefaçon sanctionnée par les articles L. 335-2 et suivants du Code de la propriété intellectuelle.

www.seuil.com

Opus incertum

Le mur de mon jardin, entre mer et montagne, est fait de pierres à peine dégrossies, montées sans mortier, dans un savant désordre. Point de conception préalable, de plan géométrique, de taille symétrique pour assurer sa solidité. Au contraire, ce sont précisément les irrégularités de chaque pierre, astucieusement combinées – ici un saillant contre un rentrant, là deux faux-plats en contact –, qui permettent la solidité de la structure. On appelle *opus incertum* ce type d'appareil architectural.

L'« œuvre incertaine », cette belle dénomination conviendrait aussi bien à la science, édifice collectif constitué de tant de contributions disparates dont la place et le rôle au sein du savoir ainsi bâti ne sont en rien prédéterminés. Les traités exhaustifs, les synthèses majestueuses, les présentations organisées, ne sont finalement que le crépi final qui décore l'appareil sous-jacent et masque tant la contingence de son processus de construction que la paradoxale solidité de son désordre.

C'est pourquoi je me permets de présenter ici, selon le même mode, ces quelques réflexions sur la science. Au lecteur de décider si ce montage de diverses chroniques et critiques rédigées au fil des dernières années présente la solidité et l'agrément d'un opus incertum réussi. Et comme dans les interstices des pierres sèches de mon mur poussent quelques touffes de giroflées ou de campanules qui ne le déparent ni ne l'affaiblissent, je me suis autorisé à glisser entre ces trop sérieux écrits quelques pastiches plus souriants.

J.-M. L.-L.
Saorge, juin 2000

SAVEZ-VOUS QUE, d'après UN SONDAGE, il y a 33,7% de français hommes qui PENSENT QUE LE SOLEIL TOURNE autour de la TERRE?
C'EST UN SCANDALE!
...Et 42,7% des femmes...
Et dire qu'on leur confie nos enfants!
...30,7% ayant REÇU UNE formation littéraire...
ON EST EN plein MOYEN-ÂGE!
...14,2% ayant REÇU UNE formation scientifique...
ils sont la honte de la SCIENCE!
...Euh... ...Et LES SCORPIONS ils ont RÉPONDU comment?
...EN GÉNÉRAL ON a plus l'esprit scientifique que les autres signes...

Ouvrages

La science entre nature et culture

> « En vérité, ce n'est pas le moindre charme d'une théorie qu'elle soit réfutable. [...] L'homme de science a le même sort que le cordier : il tire son fil, de plus en plus long, cependant que lui-même régresse. »
>
> Friedrich Nietzsche

Maman, les p'tits noyaux…

.

– Maman, les p'tits noyaux
Qui sont dans l'eau
Ont-ils des jambes ?
– Mais oui, mon gros bêta,
S'ils n'en avaient pas
I' n' boug'raient pas !

– Maman, les p'tits photons
Qui vienn't du ciel
Ont-ils des ailes ?
– Mais oui, mon gros gamma,
S'ils n'en avaient pas
I' n' vol'raient pas !

– Maman, les p'tits vecteurs
Qui m' font si peur
Ont-ils des flèches ?
– Mais oui, mon gros delta,
S'ils n'en avaient pas,
I' n' point'raient pas !

– Maman, les p'tits volcans
Qui font c' boucan
Ont-ils des bouches ?
– Mais oui, mon gros zêta,

S'ils n'en avaient pas
I' n' crach'raient pas !

– Maman, les p'tits quasars
Qu'on voit dans l' noir
Ont-ils des phares ?
– Mais oui, mon gros thêta,
S'ils n'en avaient pas
I' n' brill'raient pas !

– Maman, les p'tits atomes
Qui font la tomme
Ont-ils d' l'arôme ?
– Mais oui, mon gros iota,
S'ils n'en avaient pas
I' n' s' mang'raient pas !

– Maman, les p'tits agneaux
Qu'ont les labos
Ont-ils des gènes ?
– Mais oui, mon gros kappa,
S'ils n'en avaient pas
I' n' s' clon'raient pas !

– Maman, les p'tits génomes
Qui sont dans l'homme
Ont-ils un code ?
– Mais oui, mon gros lambda,
S'ils n'en avaient pas
I' n' s' vendraient pas !

Eurêquoi ?

« J'ai trouvé ! », telle est, depuis Archimède, la devise du chercheur. Mais que trouve-t-il ?… En son temps, le général de Gaulle n'avait pas hésité à déplorer qu'il y ait trop de chercheurs et pas assez de trouveurs. Injuste critique. Car la recherche scientifique, à la différence de la quête du Graal, de la ruée vers l'or ou de la cueillette des champignons, ne sait pas à l'avance ce qu'elle cherche. La vraie découverte, celle d'une particule imprévue ou d'un théorème inédit, est bien plus rare que la trouvaille d'une amanite des Césars ou d'une belle pépite. Dont acte. Pourtant, la très grande majorité des recherches n'est tout simplement pas destinée à découvrir ces savoirs de prix (Nobel) : la science « normale » consiste pour l'essentiel à vérifier, raffiner et maîtriser la connaissance déjà acquise.

La détection du dernier quark prévu par les théoriciens ou la récente démonstration du théorème de Fermat, tenu pour vrai depuis quatre siècles, ne font que confirmer nos attentes. Mais trouver ce que l'on cherche, est-ce vraiment trouver ? Certainement pas au point de jaillir tout nu de sa baignoire en hurlant. Rares sont les moments de gloire où la science admise touche à ses limites et où se dévoile un nouvel horizon. Serait-ce à dire que la plupart des chercheurs ne trouvent rien ? Non car, même dans la tâche scientifique la plus routinière, règne en maîtresse l'erreur – comme dans tout domaine de l'activité humaine. Presque toutes les expériences commencent par rater et presque tous les calculs par être faux. La science n'a qu'un seul privilège : son champ d'action est assez restreint pour qu'elle puisse avec quelque efficacité détecter ses bévues. Aussi doit-on se rassurer : les chercheurs trouvent, au moins, leurs propres erreurs. Tout le monde ne peut pas en dire autant.

Qui peut le plus peut-il le mieux ?

Voici venue, en cet automne, la saison rituelle des prix Nobel ; bientôt, les trompettes de la renommée vont chanter la gloire des grands hommes de science. À qui donc ira le Nobel de médecine ? à un virtuose du coupage d'ADN en quatre ? à un apprenti sorcier du clonage ? à un découvreur de subtils neuromédiateurs ? En tout cas, selon toute probabilité, à un biologiste « de pointe »... Mais que dirait Alfred Nobel, dont le testament réservait le prix aux auteurs de découvertes contribuant directement au bien-être de l'humanité ? Car force est de noter que le prix Nobel de médecine récompense souvent des recherches fondamentales plus riches de promesses que de réalisations quant à leur impact sur la santé humaine.

D'ailleurs, les vrais bienfaiteurs de l'humanité, ceux dont l'œuvre a immédiatement prolongé la vie ou soulagé les souffrances de millions de personnes, restent largement ignorés. Combien connaissent Ignác Semmelweis, médecin hongrois (1818-1865), qui, avant l'ère pasteurienne, comprit la contagiosité de la fièvre puerpérale et préconisa les mesures d'hygiène simples qui sauvèrent, depuis, des millions de femmes en couches (il mourut, négligé, dans un asile d'aliénés) ? Ou Alexandre Yersin, bactériologiste français (1863-1943), qui, au cours d'une longue carrière de médecine « coloniale » en Extrême-Orient, découvrit le bacille de la peste et fabriqua le sérum antipesteux, puis acclimata l'arbre à quinquina (il reste une figure révérée… au Vietnam) ?

Proposons alors au jury Nobel la candidature du docteur Dipil Mahalanabis, de Calcutta. Avec son équipe, il a montré, en 1971, l'extrême efficacité des « sels de réhydratation orale » dans les cas de maladies diarrhéiques graves. Il s'agit d'une simple solution mixte de sel (de cuisine) et de sucre dans l'eau, avec un léger apport potassique (par exemple du jus d'orange), d'un coût quasiment nul, accessible aux familles les plus démunies du tiers-monde. Ce traitement, désormais banalisé, réduit la mortalité lors des épidémies de choléra à moins de 1 % (Pérou, 1991) et, surtout, sauve chaque année la vie de près de deux millions d'enfants, victimes d'épisodes diarrhéiques aigus*.

La recherche de pointe est une noble activité. Mais l'efficacité et la portée d'une découverte scientifique ne se mesurent pas à son coût et à sa difficulté. Le plus de science n'en est pas toujours le mieux.

---

* Voir *La Lettre de l'*UNICEF, n° 72, juin-juillet 1997.

Les paradoxes
de/dans la science

L'opposition du savoir à l'opinion est l'un des premiers ressorts de la réflexion philosophique. De fait, nombreuses sont les notions ou perceptions usuelles dont la connaissance scientifique prend le contre-pied. La dénégation des idées communes par celles de la science prend alors la forme de paradoxes, pédagogiquement féconds par la secousse qu'ils infligent à l'esprit. On peut même affirmer qu'un énoncé scientifique a d'autant plus de chances d'être connu des profanes, sinon compris, qu'il se présente sous une forme plus paradoxale. Ainsi de ces archétypes :

« La Terre tourne autour du Soleil. »

« L'Homme descend du Singe. »

« La vitesse de la lumière ne peut être dépassée. »

« L'Univers est né voici vingt milliards d'années. »

Etc.

Mais de tels énoncés, désormais banalisés à longueur de pages et largeur d'écrans, répétés à satiété hors de leur contexte, changent de statut. Ils se transforment à leur tour de savoirs scientifiques, donc limités et partiels, en opinions banalisées et incontrôlées. Faute que soient explicitées les conditions qui leur donnent sens et garantissent leur validité, ils perdent leur sens spécifique et leur caractère scientifique même. Aucune des assertions précédentes n'est en elle-même vraie et ne saurait être acceptée telle quelle par les experts du domaine concerné. À *vrai* dire, hors d'étroites contraintes, chacune peut être réfutée.

Ainsi, la Terre ne tourne autour du Soleil *que* dans un système de référence centré sur ce dernier ; l'Homme ne descend *pas* du Singe – mais les humains et les grands singes actuels ont un ancêtre commun ; la vitesse de la lumière ne constitue une limite que pour les objets matériels (d'où une devinette en forme de kôan zen : « Qu'est-ce qui peut dépasser la lumière ? – L'ombre. ») ; l'âge de l'Univers est fini ou infini, suivant l'échelle de mesure adoptée*.

Rien ne démontre mieux, peut-être, la mutation moderne de la science que l'ossification de ses connaissances en formules aussi douteuses que les intuitions préscientifiques qu'elle prétend mettre en cause. Aussi la science est-elle aujourd'hui plus souvent une complice qu'une adversaire de l'opinion. Il importe donc, pour être fidèle à l'esprit même de la science, de soumettre à l'examen critique ses propres énoncés et de porter en son sein le fer du paradoxe.

---

* Voir Jean-Marc Lévy-Leblond, *Aux contraires*, Gallimard, 1996, chapitre I, « Vrai/Faux ».

Épatantes télépathies

Croyez-vous à la transmission de pensée ? Non ? Vous avez tort. Nous allons, ensemble, faire une expérience. Dans dix secondes, écrivant cette chronique, je vais concocter quelque singulière image mentale. Et dans un futur encore indéfini, lorsque vous la lirez, vous serez des milliers à la recevoir. Elle s'imposera à vous, par-delà le temps et l'espace. Prêts ? Allons-y.

J'imagine donc, tenez, une fourmi de dix-huit mètres de long – vous savez, comme celle, chantée par Desnos, qui parle français, latin et javanais, et traîne un char plein de pingouins et de canards… Vous voyez, bien qu'elle n'existe pas (« et pourquoi pas ? »), vous n'avez pas pu résister à ma puissance mentale, vous y pensez aussi maintenant, à cette fourmi ! Et le plus impressionnant dans cette expérience de transmission de pensée irréfutable, c'est qu'elle met en évidence le caractère occulte des puissances qui contrôlent le phénomène : car je ne sais pas moi-même, au moment où j'imagine notre fourmi-de-dix-huit-mètres, quand cette pensée vous atteindra. Cela ne dépend pas de moi, ni de vous – nous sommes soumis au médium, pardon, aux médias.

Oh, j'entends ricaner les esprits forts : « Tout cela n'a rien de surnaturel, ce n'est après tout qu'affaire d'électrons et de photons » – les électrons qui courent dans les neurones de mon cerveau, les fibres de mes muscles, les circuits de mon ordinateur, puis dans votre nerf optique et votre cerveau, et les photons, ceux que me renvoie mon écran, puis ceux qui vous parviennent de la page que vous lisez. D'accord, d'accord ! Mais est-ce moins étonnant pour autant ? Pourquoi ne pas s'émerveiller devant la complexité du monde réel plutôt que de chercher la simplicité illusoire des explications surnaturelles ? Car l'irrationalisme contemporain a sans doute une paradoxale raison d'être : loin que la science dépouille le monde de son merveilleux, elle le rend peut-être plus mystérieux encore... Croire aux soucoupes volantes, à la psychokinèse, à la télépathie, à l'astrologie, ne serait-ce pas plus facile finalement, et au fond beaucoup moins amusant, que de jouer à comprendre les électrons, les neurones, les virus, les étoiles – le monde tel qu'il est ?

Le chercheur,
le crack et le cancre

La plus grande désillusion de ma carrière scientifique, je l'ai éprouvée à ses débuts. Après des études secondaires et universitaires sans difficulté, qui m'avaient insufflé quelque confiance en mes capacités, j'abordais, en doctorat de troisième cycle, la recherche. Pour la première fois, il m'était demandé de résoudre un problème, fort limité certes, mais dont personne, pas même mon directeur de thèse, ne connaissait la solution, ni la voie d'attaque précise ; l'existence même de cette solution n'était pas garantie. Situation radicalement différente de celle des exercices scolaires, dont il est convenu qu'ils ont une solution, que le prof la connaît, et dont on sait quelle partie du cours elle met en jeu... Pris au dépourvu, je dus faire la douloureuse expérience de mes limites intellectuelles. Après plusieurs mois, j'étais à deux doigts de renoncer à poursuivre une carrière scientifique si mal engagée, quand je compris enfin que je faisais l'apprentissage de ce qu'est un véritable travail de recherche, et que ce passage à vide était une initiation professionnelle.

Non que les choses aient changé beaucoup depuis. Toute nouvelle entreprise de recherche me replonge immédiatement dans cet état d'humiliante précarité mentale. À l'opposé de toutes les images d'Épinal, qui montrent la recherche scientifique comme un archétype de travail méthodique, conquête systématique et contrôlée de l'inconnu, c'est l'errance et la contingence qui y sont la règle. Précisément parce qu'il cherche ce qu'il ne connaît pas, le chercheur ne peut que passer le plus clair de son temps à explorer de fausses pistes, à suivre des intuitions erronées, à se tromper : la plupart des calculs théoriques sont incorrects, la plupart des manipulations expérimentales sont ratées – jusqu'au jour où...

Ainsi, le travail du chercheur professionnel ne ressemble-t-il en rien à celui du bon élève qu'il a sans doute été, et dont il a dû abandonner la trompeuse confiance en soi. Il lui a fallu dépouiller la peau du crack pour endosser celle du cancre : le chercheur, dans sa pratique effective, ressemble beaucoup plus au « mauvais » qu'au « bon » élève. Son seul avantage sur les laissés-pour-compte de la science scolaire est qu'il sait la nécessité et l'inéluctabilité de cette longue traversée de l'erreur, de cette confrontation avec les limites de sa propre intelligence. Pourquoi donc, à l'école, ne présentons-nous pas ainsi la science, telle qu'elle se fait ? Les élèves les plus en difficulté n'y trouveraient-ils pas quelque réconfort mental ? Peut-être même, à aller recruter les futurs chercheurs parmi les étudiants en science les moins doués, leur économiserions-nous cette douloureuse phase d'initiation qui en stérilise plus d'un.

À quand un certificat d'aptitude professionnelle à la recherche où l'on ne serait admis qu'au-dessous de la moyenne ?

La littérature e(s)t la science

On doit à Paul Valéry la formule suivante : « Il faut n'appeler science que l'ensemble des recettes qui réussissent toujours. Tout le reste est littérature. » Spirituel et provocant, certes, mais faux. Car enfin, la connaissance du monde ne peut se développer qu'à partir de sa méconnaissance reconnue, c'est-à-dire du constat de l'échec de recettes jusque-là efficaces. Il faut que le système géocentrique cesse de fournir des résultats satisfaisants pour que Copernic défende l'héliocentrisme, que la vie cesse d'apparaître « spontanément » pour que Pasteur avance la théorie microbienne, que les vitesses cessent de s'additionner banalement pour qu'Einstein propose la relativité. C'est donc bien un fiasco qui est au départ de toute découverte scientifique importante. Encore faut-il que les chercheurs puissent prendre le risque de l'insuccès. Mais l'actuelle technicisation de la science les pousse, sous le fouet de la « commande par l'aval » – entendez la loi des marchés, industriels ou intellectuels , à privilégier, de fait, les « recettes qui réussissent toujours ». Au fond, Valéry n'avait que le tort d'être en avance sur son temps : sa définition s'applique fort bien à la technoscience contemporaine. Le paradoxe moderne est bien que la science, devenue enfin opératoire, voici moins de deux siècles d'ailleurs, est aujourd'hui menacée par sa réussite même. Son efficacité pratique vient obérer son entreprise spéculative, pourtant seule garante de son développement à long terme.

Dès lors se pose en termes nouveaux une question qui hante depuis longtemps la réflexion sur les sciences – celle du statut des sciences sociales et humaines. Même si la recherche d'un critère de scientificité absolu et abstrait semble désormais caduque, persiste un certain malaise quant à la nature – vraiment scientifique ? – de la sociologie, de l'anthropologie ou de la psychologie, jusque chez leurs praticiens. Et, de l'autre côté, n'est guère entamée l'arrogance des physiciens, chimistes et biologistes, persuadés que les seules sciences dignes de ce nom sont les leurs – faut-il alors par contraste les dire asociales et inhumaines ? Comment ne pas reconnaître au demeurant que les applications de la sociologie à la politique, de l'économie à la finance et de la psychologie aux relations humaines n'ont pas vraiment l'ampleur ni l'efficience des applications de la physique, de la chimie et maintenant de la biologie à l'industrie ? Mais loin de déplorer le caractère limité de leurs succès techniques, les chercheurs en sciences humaines et sociales devraient s'en réjouir, car ils sont protégés de la commandite à court terme, et restent disponibles pour la réflexion libre, inventive et contradictoire qui caractérisait jusqu'ici une recherche scientifique digne de ce nom. Peut-être les vraies sciences d'aujourd'hui ne sont-elles pas (ou plus) celles que l'on croit. Et – Valéry ne se trompait pas moins dans la seconde partie de son aphorisme – ce n'est pas parce que « le reste est littérature » qu'il ne s'y trouve pas de science.

La conquête de l'espace

À première vue, la tâche est désespérée. Trop d'embarras, trop de désordre dans cet espace pour qu'on puisse espérer en rendre compte. La foule des acteurs masque la scène : des forêts qui cachent les arbres, des nuages sans formes nettes, des vivants agités. La tentation est grande de renoncer à comprendre l'espace (« Laisse ! Passe... », souffle en écho la voix de la résignation au désordre du monde).

Mais le besoin d'ordre prend le dessus. Vidons l'espace de ce qui l'encombre, atomes, cailloux et galaxies. On y voit déjà plus clair. Ne restent des choses que les lieux qu'elles occupaient – et qu'elles reprendront quand nous y consentirons. Seule nous intéresse désormais cette architecture abstraite, les relations de distances et d'orientations entre ces places vides. Pourtant, il y a du haut et du bas, du devant et du derrière, du loin et du près – trop compliqué.

C'est que l'espace n'est pas encore vide : *nous* y sommes toujours, et notre point de vue impose un ordre par trop contingent. Retirons-nous à notre tour. Plus de référence particulière désormais. Tous les lieux se valent, tous les caps s'égalent. Cet espace indifférencié, inutile donc de le parcourir : un point représente tous les points, une direction toutes les directions – économie féconde. Une multiplicité cependant y reste angoissante : de chacun de ces points, trop de chemins partent encore, dans trois dimensions (et peut-être plus...).

Achevons notre retrait de l'espace en le réduisant pour lui échapper. Qu'il s'aplatisse devant nous. Amputons-le de l'une de ses trois dimensions. Désormais, nous le voyons de l'extérieur : *cosa mentale*, modèle fidèle. Cette plane étendue, tous ses points, toutes ses lignes, nous les embrassons d'un même regard. Si Dieu est coextensif à l'espace (*sensorium Dei*, dit Newton), alors nous sommes Dieu du plan. La conquête de l'espace est achevée.

Homogène, isotrope, bidimensionnel. Cet espace réduit (à merci) sur lequel nous régnons, vide, lisse et plat, c'est cette feuille vierge sur laquelle nous allons enfin pouvoir (d)écrire, donc créer, l'espace – le vrai. Nous serons d'abord Euclide et structurerons le plan, puis récupérerons la troisième dimension. Nous deviendrons ensuite Galilée et Newton et organiserons le mouvement. Et Einstein, pour géométriser l'Univers entier et faire de l'espace sa substance même.

Mais il reste encore de l'espace sur la feuille. Le jeu des signes peut continuer...

Les poissons pètent-ils ?

Le très réputé hebdomadaire scientifique britannique *New Scientist* consacre depuis quelques années sa dernière page à une rubrique intitulée « Last Word » (le dernier mot)*. Les lecteurs y interrogent les chercheurs sur des sujets essentiellement empruntés à la vie quotidienne, plutôt qu'à la science fondamentale :

– Comment font les oiseaux pour ne pas tomber de leurs perchoirs en dormant ?
– Pourquoi le ciel est-il bleu alors que le Soleil qui l'illumine est jaune ?
– D'où vient que l'on s'enrhume plus quand il fait froid ?
– Pourquoi certaines boîtes de bière flottent-elles et d'autres pas ?
– Les poissons pètent-ils ? (La réponse est oui.)

Mais l'originalité de la rubrique vient de ce qu'elle publie souvent plusieurs réponses expertes à chaque question, se poursuivant sur quelques numéros, et que les spécialistes sont loin de toujours s'accorder. On a pu ainsi assister à de vives controverses sur la qualité respective du thé préparé avec de l'eau fraîchement tirée au robinet ou déjà bouillie (sujet capital pour les lecteurs britanniques !), sur la nature

---

* Une anthologie de cette rubrique est disponible, M. O'Hare (sous la dir. de), *New Scientist : The Last Word*, Oxford University Press, 1998.

des moisissures noires qui s'installent dans les encoignures des lavabos et la façon de s'en débarrasser, sur la manière de définir l'heure au pôle Nord (où le Soleil est toujours plein sud !), sur les raisons pour lesquelles il fait plus froid en montagne qu'en plaine (l'air chaud ne monte-t-il pas ?), sur l'art d'émincer les oignons sans pleurer, sur les facteurs (génétiques ou pas ?) qui prédisposent certaines personnes à éternuer en passant de l'ombre au soleil, sur les causes de la plus rapide transformation en glace au congélateur de l'eau chaude que de l'eau froide (c'est *vrai* !).

Sur ces sujets apparemment éloignés de la recherche de pointe, c'est ainsi une excellente démonstration de science en acte que donne cette revue : la validité d'un énoncé n'est jamais donnée d'avance et résulte d'un long débat. Le caractère construit et non préétabli de la vérité scientifique, thèse encore parfois controversée, est ainsi démontré par cette initiative journalistique qui se révèle constituer une véritable expérience en sociologie des sciences. Encore faut-il ajouter que les divergences des scientifiques sur des questions apparemment élémentaires tiennent à ce qu'elles portent sur des situations finalement très complexes où s'entremêlent de nombreux facteurs culturels et sociaux qui brouillent la définition même des effets étudiés (comment juger objectivement du goût du thé ?). C'est dire encore que, hors des conditions contrôlées délibérément artificielles du laboratoire ou de situations naturelles mais dûment spécifiées, il n'y a pas de science possible. Peu de questions en définitive sont susceptibles d'une approche scientifique. Mais, plutôt que d'en diminuer la valeur, c'est cette rareté même qui confère à la science tout son prix – au sens propre comme au figuré d'ailleurs.

Plus vite que son nombre[*]

Nostradamus couchait ses prédictions en vers de mirliton ; aujourd'hui, la mode est aux formules mathématiques. Ainsi trois chercheurs auraient trouvé la « formule mathématique de l'évolution »[**], capable de prévoir le moment des grandes mutations qui affectent une lignée vivante – et surtout la date précise de l'extinction de ses capacités évolutives (la nôtre n'en aurait plus que pour huit cent mille ans). Le plus remarquable dans cette « découverte », au regard des très complexes mécanismes qui gouvernent la dynamique de la biologie évolutive, est la simplicité de ladite formule, dont la présentation assez spécieuse en termes de fractales ne doit pas cacher qu'il ne s'agit que d'une rudimentaire série géométrique. Malheureusement, les auteurs n'offrent nulle explication des fondements théoriques d'une si élémentaire mathématisation.

Il faut dire que, dans cette quête d'un *déchiffrage* du monde, ils sont en bonne compagnie. Pythagore pensait que « les éléments des nombres étaient les éléments de toute chose » ; Platon voyait dans l'existence de cinq polyèdres réguliers et dans leur forme un modèle des cinq éléments fondamentaux de la matière (la terre, l'eau, le feu, l'air et l'éther) ; Kepler, avant d'énoncer ses fameuses lois, tenta

---

[*] J'emprunte ce titre au joli livre de Sylviane Gasquet sur l'inculture numérique, *Plus vite que son nombre*, Seuil, 1999.
[**] Voir *Eurêka*, n° 47, novembre 1999.

d'interpréter les distances des planètes au Soleil à partir de considérations géométrico-numériques sommaires ; l'astronome Titius crut trouver pour ces distances une formule élémentaire (une série géométrique aussi, d'ailleurs) ; Newton lui-même, féru d'alchimie et de théologie, imposa sept couleurs à l'arc-en-ciel et passa de longues années en travaux numériques sur une chronologie universelle ; Eddington, astrophysicien de tout premier plan au début de ce siècle, se livra, à la fin de sa vie, à des considérations purement arithmétiques sur la valeur de la constante fondamentale qui définit l'intensité des forces électromagnétiques, et de nombreux auteurs plus récents ont proposé de miraculeuses expressions numériques pour rendre compte des énigmatiques masses des particules élémentaires.

Dans tous les cas, ces formules empiriques ont été invalidées par de nouvelles découvertes ; à titre d'exemple, la jolie formule de Balmer pour les fréquences du spectre de l'atome d'hydrogène ne peut en rien s'étendre aux spectres des autres atomes et reste une chanceuse exception. Aussi serait-il temps d'en finir avec le fantasme numérologique. Le dicton positiviste suivant lequel « il n'est de science que du nombre » est tout simplement faux. La physique même recourt aux mathématiques d'une façon heureusement plus profonde que par le simple calcul numérique, et bien des sciences, de la biologie à la sociologie, travaillent du concept sans recourir à sa numérisation. La recherche du rapport de la réalité à son nombre pourrait bien n'être que la poursuite de son ombre.

Nos voisins belges, devant le douteux plaisir des Français à raconter des « histoires belges », avaient trouvé la parade, en racontant une « histoire française » : « Pourquoi les Français aiment-ils tant les histoires belges ? – Parce que celles-là au moins, ils peuvent les comprendre… » Si certains scientifiques aiment tellement les histoires de chiffres, ne serait-ce pas que, celles-là au moins, ils croient pouvoir les comprendre ?

La clé de *sol* (𝄞)
et l'intégrale (∮)

« On me tordait, depuis les ailes jusqu'au bec / Sur l'affreux chevalet des X et des Y », rimait Victor Hugo en 1831, déplorant l'horreur de son éducation mathématique (il portera plus tard sur la science un jugement moins sévère). Il n'est certes pas le seul à avoir ainsi souffert le martyre devant l'incompréhensibilité de ces signes cabalistiques – alphabets étrangers (ℵ), caractères arbitraires (∇), symboles mystérieux (∮) – qui hérissent toute page d'algèbre (que Hugo fait rimer avec « funèbre ») ou de calcul différentiel. Pourtant, les mathématiques ne sont pas le seul domaine de la pensée humaine où règne un formalisme ésotérique.

M'étant récemment mis au solfège pour combler une grave lacune de ma culture, j'ai pu faire l'expérience, trop longtemps oubliée, de cette sidération qu'exercent la nécessité et la contingence mêlées d'un jeu de signes fermé. Passe encore pour les noms des notes, si communs (mais parfaitement occasionnels, et d'ailleurs différents dans le monde germanique), et pour l'écriture de leurs valeurs temporelles (des rondes aux croches, sans parler des pauses et des soupirs). Mais pourquoi ces graphismes contournés pour les clés et autres symboles ? Et pourquoi ne pas avoir distingué dans l'écriture, sur une portée plus rationnellement conçue, les tons et les demi-tons, ce qui éviterait la notation compliquée des altérations, dièses et bémols ? Bref, pour le novice que je suis ici, la notation musicale est certainement aussi ésotérique que le symbolisme mathématique pour ses profanes.

Mais ces irrationalités apparentes ont leur rationalité, historique, à laquelle je me soumets volontiers, si l'on veut bien m'expliquer les circonstances profondément culturelles, quoique souvent fortuites, qui ont amené le présent état de choses. Pourquoi donc n'en va-t-il pas de même en mathématiques, où la rigueur du raisonnement sert trop souvent de cache-misère aux aléas des signes et des mots ? À m'émerveiller de voir avec quelle facilité les enfants accèdent à l'écriture musicale, je ne m'étonne que plus encore de constater leurs difficultés dans l'apprentissage de l'écriture mathématique. Ne serait-ce pas, justement, que le caractère conventionnel de la première est évident, alors que la seconde s'avance bardée d'une fausse nécessité ? Pourquoi ne commence-t-on pas par expliciter l'histoire, récente et fort accidentelle, des signes les plus élémentaires, ceux de l'égalité, de l'addition, de la multiplication ? Ce n'est qu'en déstabilisant les fausses évidences de leur forme que l'on peut conforter les vrais énoncés de la science.

On voudrait en tout cas éviter d'avoir à penser que si l'apprentissage de la musique est somme toute plus efficace que celui des mathématiques, c'est de n'être pas obligatoire et d'échapper à l'école.

La tête à la pâte

« L'enseignement scientifique en France est trop abstrait, trop mathématique, trop intellectuel… », « Il faut enseigner les sciences de façon plus concrète, plus empirique, plus expérimentale… ». Tant ce diagnostic affligé que le traitement proposé sont devenus des clichés obligés de tout discours pédagogique sur la place des sciences à l'école. Rien de très moderne dans ces déplorations et propositions, même si elles sont périodiquement remises au goût du jour, souvent par de grands scientifiques qui, après une brillante carrière de chercheur, découvrent – mieux vaut tard que jamais – que la santé de l'entreprise scientifique dépend aussi de ses bases, et que les plus grands laboratoires doivent pouvoir s'appuyer sur les plus modestes écoles. Et de retrouver avec l'enthousiasme des nouveaux convertis de solides vérités professées depuis des décennies par tous ceux qui se sont penchés sur les questions pédagogiques et ont mené, au contact direct de la réalité scolaire, nombre de pratiques novatrices – ne citons ici que la grande figure de Célestin Freinet.

La banalité de tels propos ne les invalide pas pour autant, mais amène simplement à souligner que le vrai problème n'est pas de savoir que faire, mais de pouvoir le faire. Entre les moyens accordés à petite échelle pour une prestigieuse expérimentation et la généralisation de ces méthodes à tout le système éducatif, le fossé reste entier.

Encore faudrait-il s'interroger sur le caractère quelque peu simplificateur de l'analyse. Que la pratique expérimentale ne soit pas assez développée dans l'enseignement ne devrait pas amener, comme c'est implicitement le cas, à développer une conception platement empirique de la découverte scientifique. La manipulation, l'observation ne sont pas en elles-mêmes productrices de savoir si elles ne sont pas soumises à réflexion, intégrées dans une pensée : la théorie n'est pas seconde à l'expérience, mais conjuguée – impossible de comprendre l'une si l'autre n'est pas là. Présenter la science comme un savoir-faire ne rend justice ni à son complexe développement historique, ni à sa riche dimension intellectuelle, mais risque de conforter sa néfaste tendance actuelle à se transformer en une technoscience purement opératoire. Et, d'un point de vue plus spécifiquement pédagogique, s'il est vrai que le contact direct avec la réalité naturelle est source pour les enfants de bien des émerveillements féconds, on ne saurait sans dommage négliger le véritable plaisir de penser, qu'ils connaissent aussi bien et qu'ils méritent de partager. Que l'on considère seulement cet âge métaphysique, de 5 à 7 ans, où les enfants font, avec vertige et ravissement, l'apprentissage de l'infini, de la causalité, de la mort. Et l'on négligerait cette motivation essentielle au développement même de la science ?

Permettons, certes, à nos enfants de mettre « la main à la pâte ». Mais la tête aussi.

Paranormal au Parana

Je dois à Jorge Wagensberg, éminent physicien et innovant directeur du remarquable musée de la Science de Barcelone, la narration d'une très étrange expérience qui devrait faire réfléchir les esprits forts sur les limites de la rationalité scientifique.

En juillet 1998 (la date importe), lors d'une expédition en Amazonie, pour y rechercher des spécimens destinés à ses expositions, mon ami assista un matin à un très étrange phénomène. Depuis une position où une vaste étendue de la jungle amazonienne s'étendait sous ses yeux, il assista soudainement au brusque envol d'une multitude d'oiseaux, de toutes espèces, *à la fois* en trois ou quatre endroits très précis de la forêt, distants de quelques kilomètres les uns des autres, et en ces endroits seulement. Comment comprendre cette coïncidence ? Le passage d'un prédateur pourrait expliquer un envol, mais non plusieurs aussi éloignés ; un phénomène atmosphérique (rafales de vent) ou tellurique (tremblement de terre) aurait des effets beaucoup moins localisés ; un mécanisme comportemental (migration, rituel d'accouplement) ne serait pas aussi synchrone et ne concernerait pas toutes les espèces simultanément.

À la recherche d'une hypothèse raisonnable, c'est avec stupéfaction que le scientifique observa par deux fois encore, dans l'heure qui suivit, la même incompréhensible manifestation. Mais elle ne se répéta pas de la journée, ni au cours des suivantes, malgré une attention de tous les instants. Mon collègue était sur le point de croire à une forme aviaire et amazonienne de télépathie qui aurait pu expliquer ces coïncidences ou, plus probablement, de mettre son observation au compte d'une triple hallucination tropicale, quand le retour à la civilisation lui apprit que ce matin-là, qui était l'après-midi du 12 juillet à Paris, la finale de la Coupe du monde de football avait vu la France battre le Brésil par trois buts à zéro. Les clameurs du Stade de France avaient été relayées jusqu'au fond de la forêt amazonienne par les Indiens qui, dans leurs campements, suivaient avec la même passion le match sur leurs transistors. C'étaient les cris du Stade de France lors des buts, qui avaient provoqué l'effroi et l'envol des oiseaux en Amérique du Sud.

Limites de la rationalité, disais-je : non qu'il serait impossible d'expliquer rationnellement tel ou tel phénomène à première vue incompréhensible, mais au sens où cette explication devrait parfois faire appel à un registre du réel si éloigné dans l'espace et surtout dans son essence du phénomène étudié qu'elle en serait quasiment inaccessible : comment un Martien passant par là aurait-il pu comprendre l'envol des oiseaux ? Mais que cette constatation ne nous afflige pas : la cause normale de tels « prodiges » est encore plus étonnante et drôle que leurs explications paranormales…

P.-S. Appel à témoins : prière à toute personne ayant observé des phénomènes similaires au mois de juin 2002 de se faire connaître. Même des observations aussi extra-ordinaires que celles rapportées ci-dessus sont (peut-être) reproductibles…

(Im)puissances de dix

Dans un récent article consacré aux lasers de puissance, je lis que « la dernière génération de lasers petawatt permet de produire des impulsions de quelques femtosecondes », et dans une autre revue scientifique : « L'étude des protons cosmiques de quelques zettaélectron-volts – qui ont plus d'énergie qu'une balle de tennis ! – éclairera le comportement de la matière dans des domaines inférieurs au yoctomètre. »

Et je me dis que le monde a bien changé depuis que l'école primaire, jadis, m'initia aux subtilités des préfixes d'unités : déca et déci, hecto et centi, kilo et milli. Ces termes communs témoignent d'un temps où les échelles des phénomènes envisageables pouvaient varier par des facteurs de quelques milliers par rapport à nos ordres de grandeur familiers. Puis la sphère humaine se dilata à la fois vers le grand et vers le petit, nous amenant à compter en millions et en millionièmes : micro et méga firent ainsi leur apparition, nous permettant de parler de micromètres (les bons vieux « microns ») et de mégatonnes (celles de TNT, chiffrant la puissance des bombes thermonucléaires). Ensuite s'ouvrait un domaine plus confus, celui des milliards et billions, ces derniers différant d'ailleurs pour nous de leurs homonymes anglo-saxons par un bon facteur mille. Aussi la langue savante se contenta longtemps de déléguer aux « puissances de 10 » le soin d'écrire de façon purement numérique les très grands nombres (celui d'Avogadro : 6,022... $\times 10^{23}$) ou les très petits (la masse de l'électron : 9,109... $\times 10^{-31}$ kg) de la science physique, quelle que fût la maladresse de leur expression orale.

Mais depuis quelques années maintenant, des grandeurs considérablement éloignées de la nôtre deviennent familières, en tout cas aux chercheurs et aux ingénieurs des domaines où elles sont pertinentes. D'où l'apparition de toute une série de nouveaux préfixes, certains déjà usités depuis deux ou trois décennies quand même : giga (10^9) et nano (10^{-9}), tera (10^{12}) et pico (10^{-12}). Il est banal en effet depuis longtemps d'utiliser le picofarad pour la capacité de condensateurs usuels et le gigawatt pour la puissance d'une centrale électrique. Mais en 1964 furent introduits très officiellement des termes beaucoup moins familiers, peta* (10^{15}) et femto (10^{-15}), et, en 1975, exa (10^{18}) et atto (10^{-18}), pour lesquels, le trésor des racines grecques s'épuisant, on alla chercher du côté des langues scandinaves. En 1991, ce furent zetta (10^{21}) et zepto (10^{-21}) ainsi que yotta (10^{24}) et yocto (10^{-24}) ; les étymologies de ces préfixes offrent au lecteur une amusante devinette (indication : écrire ces facteurs sous la forme de puissances de mille), qui lui permettra de prévoir les dénominations plausibles des prochains promus (10^{27} et 10^{-27}).

On peut donc *dire* désormais des phrases comme celles qui ouvrent cette chronique avec plus de fluidité, convenons-en, qu'en décryptant des « dix-puissance-vingt et un » et autres. Certes, la plupart de ces préfixes ne rentreront pas de sitôt dans l'usage courant : malgré leurs montants impressionnants, ni les faillites des multinationales ni les budgets militaires ne se comptent en petadollars. Mais l'important est de constater que, même dans les activités scientifiques et techniques les plus spécialisées, les chiffres ne suffisent jamais, il faut que les lettres prennent leur

---

* On comprend enfin pourquoi Petaouchnok est vraiment loin...

relais. Le nombre a besoin du mot. Comment ne pas voir ici la preuve que la puissance du verbe continue à s'imposer ? N'en déplaise à certains, tenants d'une conception formelle et désincarnée de la science, contempteurs de la contamination littéraire des sciences, le calcul ne remplacera jamais la parole, fût-ce dans le jargon le plus spécialisé. Dans le domaine même de l'évaluation numérique, seuls des mots (nouveaux) peuvent permettre aux échelles (nouvelles) d'entrer dans la langue, et, par là, de s'intégrer – éventuellement… – à la communauté de sens, au lieu de rester de purs signes extérieurs au langage.

Les torts de la Raison

Les astronomes se désolent du succès des astrologues et multiplient les démonstrations scientifiques de l'absurdité des horoscopes. Les chimistes s'acharnent à établir l'inanité moléculaire des prétentions de l'homéopathie. Les médecins prouvent à répétition le manque de fondements biologiques des médecines dites « parallèles » (et qui seraient plutôt obliques). Rien n'y fait.

Mais ces tirs de barrage ne manqueraient-ils pas leur cible ? Quel lecteur régulier (ou lectrice régulière) des horoscopes de la presse populaire croit vraiment que son sort est fixé sans échappatoire par les astres ? Déjà au Moyen Âge s'était fait jour une vue moins naïve de l'astrologie, arguant que les planètes n'exerçaient pas une influence causale sur les destinées humaines, mais que leurs figures offraient, comme tout ensemble de signes, un miroir où chacun pouvait apprendre à lire ses propres inclinations. Et puis, les formes de discours neutres, permettant l'établissement de communications humaines sans préalables, ne sont pas si nombreuses ; avec les aléas météorologiques, les signes astrologiques offrent un tel terrain minimal et commun. « Beau temps, n'est-ce pas ? » ou « Vous, vous êtes sûrement Gémeaux ? », ne sont-ce pas là les deux formules de base d'une drague au premier degré ? Et qui nierait que les médecines hétérodoxes, de par leur marginalité même, instaurent entre médecin et patient un dialogue d'une nature originale, éventuellement porteur d'une forte charge thérapeutique dans bien des mal-être fonctionnels ? Les parasciences appellent moins leur chimérique réfutation par les sciences naturelles que leur efficiente compréhension par les sciences humaines. En d'autres termes, les défenseurs de la rationalité n'en ont-ils pas une vue trop étroite ?

Rien ne démontre mieux la faillite des espoirs d'un rationalisme naïf que la parfaite compatibilité des sciences modernes et des fanatismes nouveaux, au détriment des traditions culturelles (et scientifiques !) les plus riches et les plus ouvertes. Dès les années 1970, un livre-culte de F. Capra, *Le Tao de la physique*, construisait une imaginaire convergence entre physique quantique et mystique extrême-orientale ; dans la même ligne, un autre ouvrage à succès prétendait récemment démontrer scientifiquement l'immortalité de l'âme et la résurrection des corps. Nombre de sectes américaines du New Age allient ainsi mythes archaïques et fantasmes technoscientifiques. En terre d'Islam, c'est dans les facultés des sciences, les écoles d'ingénieurs et les instituts techniques, que l'intégrisme recrute le plus aisément et c'est souvent vers l'informatique que se dirigent les jeunes juifs orthodoxes les plus intolérants (le maître d'œuvre des attentats du Hamas était ingénieur, et l'assassin de Rabin étudiant en informatique). La secte japonaise Aum Shinri-kyo, qui a empoisonné le métro de Tokyo, recrutait largement parmi les milieux scientifiques, son culte avait une forte dimension technique (on se rappelle les casques à électrodes de ses adeptes) et ses locaux disposaient d'équipements scientifiques perfectionnés, en électronique et, bien sûr, en chimie.

L'idéologie de la Raison se retourne vite en déraison, et la rationalité ne peut se contenter d'une science technicisée et déculturée.

Des ex-voto mathématiques

Lors d'une visite au Japon, dans un des innombrables temples shintoïstes ou bouddhistes, étapes obligées des touristes, vous voyez de nombreuses tablettes suspendues en offrande aux divinités du lieu, gravées ou peintes de divers motifs. Soudain votre regard s'arrête sur un de ces ex-voto ; non, vous ne rêvez pas, c'est bien une figure géométrique, arrangement particulier et énigmatique de cercles, triangles et autres ellipses. Sollicité, un ami ou un guide vous expliquera que le texte qui accompagne la figure est bien celui d'un énoncé mathématique. Ces *sangaku*, ou tablettes mathématiques, remontent à l'époque Edo (XVIIe, XVIIIe et XIXe siècles), où le Japon s'est volontairement isolé et coupé des influences extérieures, occidentales en particulier. Replié sur lui-même, c'est alors qu'il développe certaines de ses plus originales créations culturelles, le théâtre *nô*, la poésie des *haiku* – et une mathématique spécifique, le *wasan*, dont les *sangaku* constituent une forme publique.

Principalement intéressé par les propriétés métriques ou projectives de figures planes et tridimensionnelles, mais aussi par certaines considérations sur les nombres entiers, le *wasan* ne se présente pas comme un corps de doctrine axiomatique. Il s'agit plutôt d'une collection de résultats dont certains peuvent être fort élaborés. On trouve ainsi sur certains *sangaku* des théorèmes qui précèdent les énoncés occidentaux équivalents.

Mais plus que les contenus mathématiques des *sangaku*, c'est leur forme et leur fonction qui nous interrogent. Imagine-t-on découvrir à Lourdes ou au Sacré-Cœur un ex-voto qui représenterait, plutôt que la Vierge sauvant un enfant malade ou un marin naufragé, la figure illustrant la droite d'Euler ou le triangle de Pascal ? Véritables œuvres d'art, soigneusement peintes et calligraphiées, ces tablettes témoignent d'une conception essentiellement esthétique des mathématiques. Ni les applications utilitaristes ni les interprétations mystiques (voir la Kabbale) des mathématiques connues dans la tradition occidentale ne permettent d'interpréter ce phénomène.

Comprenons-nous vraiment ce que nous entendons par le mot « science » ?

Le vague des définitions proposées par les dictionnaires de langue usuels devrait déjà nous alerter sur les risques de confusion entraînés par un mot aux sens si divers. De fait, à étudier de près l'astronomie des prêtres babyloniens, liée avant tout à des préoccupations divinatoires, ou la géométrie grecque, d'essence plus philosophique que pratique, on voit bien que le même mot désigne des pratiques fort différentes, tant par les formes d'organisation de la recherche de connaissances nouvelles que par les fonctions sociales de ces connaissances. Et rien, peut-être, n'illustre mieux cette contingence culturelle que la pratique japonaise des *sangaku*.

Mais si d'autres lieux et d'autres temps ont pu donner aux connaissances que *nous* considérons comme scientifiques une fonction culturelle si différente de celle de nos propres sciences, comment ne pas laisser ouverte la question du statut de nos connaissances actuelles dans la (les) civilisation(s) de l'avenir ?

La Théorie que Pierre a bâtie[*]

Voici la Théorie que Pierre a bâtie.

Et voici l'Erreur de Signe
Qui mine la Théorie que Pierre a bâtie.

Et voici l'Argument Qualitatif
Qui masque l'Erreur de Signe
Qui mine la Théorie que Pierre a bâtie.

Et voici la Simulation Numérique
Qui infirme l'Argument Qualitatif
Qui masque l'Erreur de Signe
Qui mine la Théorie que Pierre a bâtie.

Et voici le Facteur Oublié
Qui invalide la Simulation Numérique
Qui infirme l'Argument Qualitatif
Qui masque l'Erreur de Signe
Qui mine la Théorie que Pierre a bâtie.

Et voici l'Expert Reconnu
Qui élimine le Facteur Oublié

[*] D'après Frederick Windsor, *The Space Child's Mother Goose*, Simon & Schuster, 1958.

Qui invalide la Simulation Numérique
Qui infirme l'Argument Qualitatif
Qui masque l'Erreur de Signe
Qui mine la Théorie que Pierre a bâtie.

Et voici le Test Expérimental
Qui réfute l'Expert Reconnu
Qui élimine le Facteur Oublié
Qui invalide la Simulation Numérique
Qui infirme l'Argument Qualitatif
Qui masque l'Erreur de Signe
Qui mine la Théorie que Pierre a bâtie.

Et voici la Conférence Spécialisée
Qui critique le Test Expérimental
Qui réfute l'Expert Reconnu
Qui élimine le Facteur Oublié
Qui invalide la Simulation Numérique
Qui infirme l'Argument Qualitatif
Qui masque l'Erreur de Signe
Qui mine la Théorie que Pierre a bâtie.

Et voici la Controverse Publique
Qui discrédite la Conférence Spécialisée
Qui critique le Test Expérimental
Qui réfute l'Expert Reconnu
Qui élimine le Facteur Oublié
Qui invalide la Simulation Numérique
Qui infirme l'Argument Qualitatif
Qui masque l'Erreur de Signe
Qui mine la Théorie que Pierre a bâtie.

Et voici la Confusion Générale
Qui envahit la Controverse Publique
Qui discrédite la Conférence Spécialisée
Qui critique le Test Expérimental

La Théorie que Pierre a bâtie

Qui réfute l'Expert Reconnu
Qui élimine le Facteur Oublié
Qui invalide la Simulation Numérique
Qui infirme l'Argument Qualitatif
Qui masque l'Erreur de Signe
Qui mine la Théorie que Pierre a bâtie.

Et voici la nouvelle Théorie
que Pierre a bâtie…

La physique des particules démocratisée par la télévision
... des tests SCIENTIFIQUES le prouvent: les PARTICULES anti-calcaire de la double-action attaquent deux fois plus les PARTICULES de saleté et sans bouillir...
... Regardez la courbe SCIENTIFIQUE de notre ordinateur
DOUBLE ACTION
LESSIVE NORMALE
50°
40°
30°
JE NE SUIS PAS CONTRE DES ÉMISSIONS SCIENTIFIQUES UN PEU DIFFICILES MAIS ILS DEVRAIENT TOUT DE MÊME LES PASSER PLUS TARD...

Passages

La science entre diffusion et confusion

> « Depuis que le monde existe, il n'y a jamais eu tant de savants, tant de savoir. Mais si seulement les savants étaient aussi créateurs, si le savoir valait aussi la peine d'être su ! »
>
> Georg Groddeck

L'énergie de l'électron

Une récente publicité pour France-Inter avançait le fier slogan : « C'est quand un électron est libre qu'il fournit le plus d'énergie. » Entendez : la liberté de cette station de radio lui permet de rivaliser avec celle qui s'est fait un sigle de son énergie autoproclamée.

Cette belle trouvaille médiatique laisse perplexe le physicien, surtout s'il est enseignant, et a le plus grand mal à faire comprendre par ses étudiants la différence entre un électron libre et un électron lié. Petit rappel. Un électron est dit « libre » s'il n'est soumis à aucune force ; indépendant mais totalement indifférent, rien n'agit sur lui, ce qui veut dire que son énergie reste constante et qu'il ne peut ni en perdre ni en gagner. Un électron « lié », en revanche, est retenu dans un atome ou dans le réseau cristallin d'un métal par des forces électriques internes ; il peut alors subir des forces extérieures et être manipulé de façon à changer d'énergie et, par exemple, à en rayonner sous forme d'ondes électromagnétiques. Ainsi, à l'opposé exact de la proclamation publicitaire, *c'est quand un électron est libre qu'il ne peut pas fournir d'énergie*.

Mais le purisme professionnel est-il de mise ici ? Ne peut-on admettre comme un simple divertissement le recours à un vocabulaire scientifique, même si l'énoncé qui l'utilise n'a aucune valeur théorique ? Le physicien qui relève cette assertion fautive n'est-il pas aussi ridicule que ces prêtres qui crient au blasphème devant tout détournement des symboles religieux (et plusieurs publicités récentes ont soulevé de telles réactions)? Il y a pourtant une différence : la séparation de l'Église et de l'État est effective, et notre société laïque peut (et doit) tolérer que la culture religieuse soit détournée – dans certaines limites. C'est la science, en revanche, qui est aujourd'hui considérée comme garante de la Vérité et voit son crédit invoqué pour couvrir des décisions politiques ou économiques fort peu « scientifiques ». D'où la nécessité d'une extrême vigilance devant toute affirmation pseudo-scientifique, même quand elle prétend seulement nous amuser.

Ainsi, la critique de l'autorité idéologique injustifiée de la science doit-elle s'accompagner du désaveu simultané de tout manquement à sa rigueur. Et si nous voulons pouvoir sourire de la science sans nous moquer d'elle, il nous faut commencer par la prendre au sérieux.

La science lyophilisée

La presse a fait grand bruit, au printemps 1998, autour de la découverte d'eau sur la Lune, sous forme de glace, au fond de quelques cratères des régions polaires. Et de laisser entendre que cette trouvaille inattendue modifiait profondément les perspectives d'exploration, voire d'installation humaine sur notre satellite.

Mais les scientifiques, ou d'ailleurs, plutôt, les responsables des services de communication de la NASA qui ont donné tant de retentissement à cette affaire, sont les mêmes qui, depuis des années nous expliquent qu'il y a de l'eau partout dans l'Univers, qu'on en trouve dans l'espace interstellaire comme dans les comètes, qui ne seraient que de grosses boules de neige sale, et jusque dans le Soleil ! Quoi donc de nouveau, sinon sous le Soleil justement, du moins sur la Lune ?

Pour montrer qu'il s'agit d'une observation véritablement novatrice et intéressante, il faudrait rentrer dans ses détails. Mais comment expliquer dans un communiqué de presse de quelques lignes qu'il n'y a pas de commune mesure entre les faibles quantités d'eau disponibles dans l'espace et sa présence en quantités notables sur un corps céleste, que l'absence d'atmosphère sur la Lune, et ses fortes variations de température, rendent difficile le maintien de l'eau à sa surface ? Et ne faut-il pas dire que ce qu'on a observé, en fait, ce n'est *pas* « de la glace sur la Lune » : on a simplement mesuré une émission de neutrons par la surface lunaire plus faible dans les régions polaires que dans les zones équatoriales ! Quel rapport avec l'eau ? C'est toute la question… Que ce déficit soit enregistré par une sonde spatiale à quelques kilomètres au-dessus de la surface lunaire, grâce à un très sophistiqué spectromètre à neutrons, puis interprété comme dû à l'absorption de neutrons par des atomes d'hydrogène qui eux-mêmes signaleraient la présence de molécules d'eau, montre le caractère pour le moins indirect et assez problématique encore de l'observation.

Les nouvelles scientifiques condensées que nous servent la plupart des médias sont à de véritables informations ce qu'un sachet de potage en poudre est à une vraie soupe : inassimilable sauf à être dilué et réchauffé – sans même parler de son goût… Peut-être même la science médiatisée en arrive-t-elle au stade ultime de la lyophilisation, suivant la belle invention de Pierre Dac : l'eau en poudre – qu'il faut naturellement diluer dans de l'eau liquide pour obtenir de l'eau liquide. Les comprimés de la science médiatique, de même, doivent être plongés dans la science pour y retrouver quelque effervescence.

De l'horoscope au télescope

L'astrologie, ses praticiens le rappellent souvent avec malice, n'était autrefois pas radicalement séparée de l'astronomie. Aux débuts de la science moderne encore, un Kepler gagnait mieux sa vie avec ses prédictions astrologiques qu'avec ses découvertes astronomiques. Mais nous avons changé tout cela, répondent avec hauteur les chercheurs modernes, et c'est justement l'un des acquis de la science que d'avoir rompu avec les aspects irrationnels de sa préhistoire. Voire...

Car si leurs prédécesseurs acceptaient d'établir le thème astral des grands de ce monde et de lire leur avenir dans le ciel, les plus grands scientifiques, se fiant certes davantage à leurs microscopes et télescopes qu'aux horoscopes de leurs rivaux, ne répugnent guère aujourd'hui à se livrer au jeu des prophéties – et sous des formes plus médiatiques. Ils ont été nombreux ainsi à livrer leur vision du futur dans les colonnes d'un mensuel scientifique, où les sciences se conjuguent volontiers avec l'avenir. On y constate avec soulagement que nos autorités scientifiques ne prennent pas trop de risques intellectuels inutiles et prévoient ainsi « de grands progrès en biologie, dans les neurosciences en particulier » (un prix Nobel de physique) ou « une énorme avancée de l'informatique » (un spécialiste renommé du sida), montrant par là leur parfaite maîtrise de l'art des prophéties, qui consiste essentiellement à les formuler dans les termes le plus vagues possible.

Mais ne nous a-t-on pas dit et répété depuis quelques années que l'une des plus grandes découvertes de la science contemporaine était celle du chaos déterministe, qui démontrait l'impossibilité de faire des prévisions fiables, même sur des systèmes physiques assez simples, au vu de la contingence évolutive qui disqualifie tout espoir de prédire l'avenir du vivant ? Il est curieux que le fameux « effet papillon », métaphore obligée de l'imprévisibilité, pour une fois qu'il était pertinent, n'ait été ici invoqué par personne. L'on voit qu'après tout, la différence n'est pas si grande qu'on le croit, pour un chef d'État, entre la consultation d'un(e) astrologue expert(e) et le recours à ses conseillers scientifiques.

La science,
un drôle de sport

« *Nous* avons gagné ! », s'est exclamé le président de la République, et nous tous ou presque avec lui, quand, en juillet 1998, l'équipe de France a remporté la Coupe du monde de football. Ne boudons pas notre plaisir devant cet enthousiasme collectif. Mais à quand une pareille fierté populaire et une aussi sincère participation pour un prix Nobel ou une médaille Fields obtenus par l'un de nos chercheurs ? La compétition en science – dont on connaît l'âpreté professionnelle – n'a pas, et de loin, la même résonance publique qu'en sport. Les Olympiades de mathématiques ne peuvent rivaliser avec les jeux Olympiques, ni le Concours général de physique avec les Championnats de France d'athlétisme.

Quoi de surprenant, me direz-vous, le mécanisme d'identification à l'œuvre dans la passion footballistique de cet été, comment pourrait-il fonctionner à l'égard de la science ? Chacun se sent autorisé, en expert autoproclamé, à commenter, voire à juger, les passes de Thuram, les têtes de Zidane, les arrêts de Barthez, les tirs manqués de Dugarry, et peut s'investir dans les matches des Bleus. Pourtant, le paradoxe est que les exploits sportifs sont beaucoup plus inaccessibles au commun des mortels que les grandes découvertes scientifiques ! Encore aujourd'hui, très peu d'athlètes amateurs seraient capables de réaliser le même temps que le coureur de Marathon voici vingt-cinq siècles, alors que le théorème de son contemporain Thalès est intelligible à tout collégien. Et, cinq siècles après Colomb et Copernic, la traversée de l'Atlantique à la voile reste une aventure bien moins partagée que la compréhension du système héliocentrique. Ne parlons pas des inaccessibles exploits de Jesse Owens aux jeux Olympiques de Berlin en 1936, au moment où les Joliot-Curie découvraient la radioactivité artificielle, désormais enseignée en terminale. Le bon sens est mieux partagé que la grande forme !

Mais ce qui permet au foot de déclencher cette identification purement fantasmatique, mais non moins enthousiasmante, c'est une continuité parfaite entre tous ces gamins (et même les gamines maintenant) qui jouent au ballon dans la cour de récréation et les champions qui jouent dans les grands stades, en passant par les amateurs de tous niveaux (sans oublier ceux en pantoufles devant leur télé). Ce lien entre les professionnels et les profanes – au foot, comme à vélo ou, d'ailleurs au piano, en peinture, etc. – s'appelle *culture*. C'est précisément ce dont manque (encore) la science.

Le sport,
une triste science ?

Le titre de cette chronique, inversant celui de la précédente, ne fait que répondre au retournement de notre rapport aux exploits sportifs, provoqué en cet été 1998 par le calamiteux Tour de France succédant à la prodigieuse Coupe du monde de football. Plutôt que ces nobles garçons, emblématiques représentants de notre belle et saine jeunesse, les sportifs seraient-ils donc d'affreux tricheurs, bourrés de produits dopants qui en feraient de simples robots, dont les exploits devraient tout à la chimie et rien à l'héroïsme ? Et les médias de rajouter à leur vertueuse indignation devant ces champions qui donneraient le mauvais exemple à notre jeunesse un apitoiement attristé devant les risques qu'ils feraient courir à leur propre santé.

Pourtant, il y a quelques années déjà, mon kinésithérapeute me racontait que sa clientèle, jadis constituée de patients trop sédentaires aux muscles et articulations rouillés, comprenait une part croissante de sportifs amateurs, froissant leurs muscles et tordant leurs articulations à qui mieux mieux. Depuis, bien des enquêtes ont montré que l'activité sportive devenait source de nombreux problèmes médicaux, parfois graves. Ce qui est vrai pour les amateurs l'est encore plus pour les professionnels. Le docteur de Lignières, du service d'endocrinologie de l'hôpital Necker, déclarait récemment : « ... l'exercice physique intense, quand il est pratiqué de façon prolongée, induit des perturbations biologiques, en particulier hormonales, qui sont nuisibles à la santé. Or les professionnels sont en permanence contraints d'atteindre les limites de l'exagération, c'est-à-dire des nuisances pour leur santé, s'ils veulent conserver leur emploi. » Comment le sport pourrait-il devenir une profession sans entraîner des maladies du travail ? Avant que de surgonfler artificiellement leurs performances, les sportifs doivent plus prosaïquement maintenir leur état physique – et comment, sinon en utilisant la pharmacopée adéquate ?

Le journaliste qui condamne le dopage n'aurait-il jamais recouru à quelques pilules d'amphétamine pour finir son papier avant le bouclage ? L'ouvrier au sommeil perturbé par les trois-huit n'utiliserait-il jamais de somnifère ? L'épicier rongé d'anxiété au moment de sa déclaration fiscale ne consommerait-il jamais de tranquillisant ? Le sexagénaire sexamorti ne rêverait-il pas de la petite pilule bleue ? Allons, nos champions nous représentent bien…

Le théorème de Farmer

Dans une dissertation de philosophie portant sur l'erreur scientifique (en terminale C), ce passage : « Un groupe de mathématiciens, Farmer en tête, a découvert un théorème sur les équations. Ils confrontent donc leur point de vue avec les autres mathématiciens, qui, eux, décèlent une erreur. Farmer et son équipe, à laquelle se sont ajoutés quelques nouveaux mathématiciens, refont la démonstration et trouvent deux ans plus tard leur erreur. » Combien de lecteurs auront identifié une allusion au théorème de... Fermat, et à sa récente et spectaculaire démonstration, d'abord erronée puis rectifiée, par Andrew Wiles ?

Or la copie d'où sont extraites ces lignes était d'assez bonne qualité, et, bien documentée en exemples concrets, montrait de la part de son auteur une relative familiarité avec l'actualité de la recherche, reposant sur la lecture au moins épisodique d'articles ou de revues scientifiques. D'où la question cruciale que cette information/déformation nous pose : comment donc sont lus les textes de vulgarisation ? Qu'en reste-t-il au lecteur ? On peut se demander si la diffusion des connaissances scientifiques ne ressemble pas un peu trop au « jeu du téléphone », où chacun murmure à l'oreille du suivant la phrase que le précédent vient de lui marmonner ; la comparaison des messages au départ et à l'arrivée est souvent savoureuse. Mais pour la vulgarisation, le problème est que cette comparaison n'est jamais faite… Nous n'avons à la vérité que bien peu d'éléments d'appréciation sur l'efficacité de cette forme de partage du savoir, à la différence de l'enseignement, dont une composante essentielle est l'échange permanent qui permet (non sans mal déjà, d'ailleurs !) de vérifier la quantité et la qualité des connaissances effectivement transmises.

Il est devenu coutumier de sonder les citoyens sur l'état général de leur culture scientifique. Mais ne serait-il pas aussi utile d'étudier leurs stratégies d'acquisition de cette culture ? On pourrait imaginer, suivant une idée jadis expérimentée par Baudouin Jurdant dans ses travaux fondateurs sur la vulgarisation, d'inciter les vulgarisés à devenir à leur tour vulgarisateurs en résumant par écrit un article scientifique qu'ils auraient lu. L'information ainsi formulée en bout de chaîne serait confrontée alors avec sa source originale. Nul doute que la comparaison serait riche d'enseignements et mettrait en évidence les faiblesses de *tous* les maillons de la chaîne de transmission du savoir, à commencer par les tout premiers, dans les laboratoires mêmes.

Sexe, mensonges
et statistiques

Un hebdomadaire consacrait récemment une enquête au thème obligé de la course estivale au lecteur : le sexe. Un sondage sur la fréquence des relations sexuelles des Français a donc été mené par l'un des instituts professionnels réputés. Ses résultats ont amené notre confrère à pousser un cri d'alarme – que d'aucuns relaieront sans doute par un soupir de soulagement : les Français seraient « moins intéressés par le sexe qu'auparavant ». C'est que, à la simple question : « Vous, personnellement, faites-vous plus, autant ou moins l'amour qu'avant ? », 38 % des sondés ont répondu « moins », 42 % « autant », et seulement 9 % « plus ». La conclusion que « le désir sexuel est en panne dans notre pays » semble inéluctable…

Mais essayons une autre question, naïve : « Vous, personnellement, êtes-vous plus, autant ou moins âgé qu'avant ? » Personne, évidemment, ne songerait à effectuer un tel sondage, qui donnerait (devrait donner…) 100 % de « plus ». La conclusion s'imposerait alors : un vieillissement fatal de la population – n'est-ce pas le cas ? Pourtant, dans un pays du tiers-monde à forte croissance démographique et au rajeunissement accéléré, le même sondage donnerait les mêmes résultats. Autant dire qu'il ne prouve rien : du vieillissement inévitable de chaque individu, on ne peut tirer aucune conclusion sur l'évolution de la pyramide des âges de la population.

Le même phénomène exactement joue ici. Que, sur l'ensemble de la population, 4 personnes sur 10 fassent moins l'amour qu'avant, 4 autant et 1 plus, ne reflète évidemment que la gamme des comportements individuels à un moment donné, et ne dit rien sur l'évolution au cours du temps de leur répartition collective, sans doute assez constante. On peut parier que la corrélation des réponses avec les catégories d'âge (celles, respectivement, disons, des gens d'âge mûr, des adultes et des jeunes) est très forte. Notons d'ailleurs que le sondage ne s'adressait qu'aux plus de 18 ans ; eût-on inclus les adolescents que la proportion de réponses « plus » aurait certainement été fort amplifiée !

Les statistiques sont à coup sûr l'un des domaines de la science où le risque d'interprétations fallacieuses est le plus élevé. On connaît ce dicton américain selon lequel il y a trois sortes de mensonges ; par ordre de gravité : les bobards, les contrevérités et les statistiques. Heureusement, il est sans doute lui-même mensonger... statistiquement parlant.

Un savoir alambiqué

Le savoir scientifique se distingue de la connaissance générale ; c'est bien ce qui en fait à la fois l'intérêt et la difficulté, et ce qui en explique en même temps la puissance et les limites. Le premier n'est pourtant pas sans lien avec la seconde, sans quoi on ne pourrait en comprendre l'efficacité pratique. Une métaphore suggestive est celle de la distillation : de même qu'un alambic (après tout, l'un des premiers instruments scientifiques!) transforme le vin en alcool, de même les méthodes de la science tirent des imprécises notions communes une essence rectifiée. Ce n'est donc pas sans raison que la science est souvent considérée comme bien alambiquée...

L'alcool pur est, bien plus que le vin dont il est issu, un excellent solvant, un très bon réactif, un antiseptique puissant. La vérité scientifique, à son instar, est plus efficace, plus rigoureuse, plus critique que l'opinion commune – ou plutôt, que les opinions, car ces dernières, comme les vins, sont multiples et de qualités diverses, au contraire de l'alcool pur. Mais de la même façon, hors de son champ d'application spécifique, par nature limité, la science, comme l'alcool, est bien incolore et d'une saveur aussi pauvre que violente. On peut certes s'en griser, mais d'une ivresse sans guère de plaisir – et dangereuse. Pour nettoyer, désinfecter, conserver, va pour l'alcool ; mais s'il s'agit de se désaltérer et de se délecter, c'est « à boire, à boire, à boire – c'est à boire qu'il nous faut ! », du vin s'entend, et du bon.

Si l'alcool est tiré du vin par purification, nul ne saurait retransformer un flacon d'alcool à 90 ° en une carafe de Gruau-Larose, ni même de vulgaire piquette, en procédant à l'ajout des innombrables arômes et pigments constitutifs du jus fermenté de la treille. De même, il est bien plus difficile de ramener la science à la richesse informelle de l'opinion que de l'en extraire. Notons d'ailleurs que, de nos jours, l'alcool éthylique du commerce est souvent le résultat, non d'une distillation, mais d'une synthèse chimique *a priori*, qui le prive de son origine naturelle. On peut se demander si la science ne court pas un même risque, celui de devenir un savoir artificiel dont les liens avec la réalité commune seraient fort distendus.

Mais n'oublions pas que, entre le vin et l'alcool pur, toute la gamme des cognacs, grappas, whiskies et autres vodkas nous permet d'accéder à la jouissance des vraies *eaux-de-vie*. La vulgarisation scientifique ne serait-elle pas justement l'équivalent de ces spiritueux, délicieuse quand elle est de bonne qualité, pernicieuse quand ses fins commerciales l'emportent ?

Au pied du chiffre

Dans un beau roman de Jacques Audiberti, *Le Retour du divin*, une scientifique exprime ainsi son amour des nombres : « Les chiffres, modelés par l'espace qui les entoure, sont clairs. À la différence des mots, ils ne fument pas, ils ne sentent pas. » De fait, le chiffrage d'une information est aujourd'hui souvent brandi comme une garantie d'objectivité, un label de scientificité. Certes, les débats sur la validité de tels résultats numériques sont trop souvent sous-estimés et une vigilance critique constante est de mise sur leur fiabilité.

Mais le problème est plus sérieux encore, et l'absence d'une culture numérique collective permet de véritables « abus de chiffrage » dans la présentation de données. On trouve ainsi dans *L'Écologiste* (n° 5, automne 2001, p. 9) un article très alarmiste sur la crise climatique, affichant en gros et en bleu « Dernières prévisions des experts : entre 41 % et 62 % d'augmentation de la température moyenne ! ». Le corps de l'article se réfère aux rapports scientifiques les plus consensuels qui prévoient ainsi une augmentation de 5,8 °C de la température moyenne du globe d'ici la fin du XXIe siècle à partir de sa valeur actuelle de 14 °C. On vérifie immédiatement que l'on a bien 5,8/14 = 41 %. Mais cette vérité arithmétique n'a aucun sens physique ! La température n'est pas une notion qui se prête à des opérations d'addition et de comparaison, tout au moins tant qu'elle est mesurée sur des échelles, telle celle de Celsius, arbitraires et contingentes. De fait, la même donnée, dans le monde anglo-saxon, fidèle à l'échelle Fahrenheit, serait énoncée comme une augmentation de 10,4 °F à partir d'une température moyenne de 57,2 °F, soit une augmentation de 18 %, beaucoup moins inquiétante. [On hésitera quand même avant d'attribuer à ce résultat rassurant les réticences américaines devant toute politique concertée de réduction de l'effet de serre.] Et l'archaïque échelle Réaumur donnerait d'autres résultats encore.

Le physicien peut affirmer que le seul rapport ayant quelque signification devrait utiliser l'échelle Kelvin, où les températures sont évaluées à partir de leur zéro absolu (0 °K = − 273,15 °C), et non à partir d'une origine arbitraire. On obtiendrait alors une augmentation relative minime de 5,8/(14 + 273,15) = 2 %. Est-ce à dire que la physique dissipe toute inquiétude sur le réchauffement de la planète ? Tel n'est évidemment pas le cas. C'est l'augmentation absolue de 5,8 °C qu'il faut considérer, et ses conséquences sont certainement majeures. Mais la science nous apprend ici à ne pas céder au vertige des nombres alarmants et à ne pas confondre l'affichage numérique d'une calculette avec une affiche de propagande. Ou plutôt, la science *devrait* nous l'apprendre – toute la question est là. En tout cas, ne prenons pas les nombres au pied du chiffre !

Atmosphère, atmosphère...

À la veille de l'été 1989, j'étais invité, pour fêter le vingtième anniversaire du premier alunissage humain et la fin de l'année scolaire, à animer une soirée astronomique dans l'école d'un petit village du haut pays. Attendant que le ciel soit assez sombre pour l'observation, je commence par projeter et commenter un assortiment de diapositives de la NASA illustrant la mission Apollo, devant une vingtaine d'enfants du CP au CM, quelques parents et l'institutrice. Je ne sais pas très bien ce qu'ils auront retiré de mes explications – mais je me suis beaucoup instruit à les écouter.

La quatrième diapositive, prise depuis la cabine à quelques dizaines de kilomètres d'altitude, illustre magnifiquement la transition entre l'atmosphère, couche bleutée lumineuse enveloppant la Terre, et l'espace interplanétaire d'un noir profond, qui lui succède. « L'atmosphère, dis-je, vous savez ce que c'est ? » Quelques échanges de regards hésitants, puis une main se lève et un « grand » de dix ans proclame triomphalement : « Oui, c'est l'ozone », bruyamment approuvé par ses copains. Tout en lui donnant raison – comment faire autrement ? –, je signale que, dans l'atmosphère, il y a aussi de l'air, et beaucoup, même si l'on en parle moins à la télé...

Un peu plus tard, sur une vue de la fusée *Apollo*, je me risque à demander pourquoi une fusée justement, et pas un avion, pour aller sur la Lune ? Question difficile, certes, mais là encore, la première réponse spontanée d'une fillette me prend à revers : « C'est pour que ça passe plus facilement. »

Devant mon incompréhension, elle m'explique avec assurance : « La fusée, c'est plus mince et ça passe mieux à travers les trous. » « Les trous ? » Je ne comprends toujours pas. « Ben oui, quoi, les trous d'ozone ! » Je rêve un peu sur cette image d'une atmosphère ozonarde, taraudée de gigantesques trous verticaux, que les fusées utiliseraient comme des puits de mines spatiaux... et tente, tant bien que mal, d'expliquer ce qu'est le « trou d'ozone », provoquant, je le vois bien, à la fois déception et incrédulité*.

Je passe sur quelques autres chocs que me vaut la culture scientifique spontanée des enfants, pour en arriver au coup de grâce, infligé par l'institutrice qui vient me voir à la fin de la soirée. En aparté, elle m'accorde, bien sûr, que cette histoire de trous d'ozone, c'est ridicule, « mais, quand même, il y a bien des passages préférentiels pour les fusées, où l'atmosphère doit être, disons, moins dense, non ? ». J'avoue ne pas voir ce à quoi elle pense... « Alors, me dit-elle, ces créneaux de lancement dont on parle toujours à la télé, ce n'est pas ça ? » Cette fois, c'est la vision de cette atmosphère crénelée, où les fusées se faufilent entre les merlons, qui me sidère, avant que, prudemment, je m'essaie à lui faire comprendre que la métaphore architecturale, ici, est d'ordre temporel et non spatial.

De telles expériences, chacun peut les répéter à l'envi. Elles démontrent que la question essentielle aujourd'hui, du point de vue de la culture scientifique commune, n'est pas le manque d'information, bien au contraire. On nous parle trop de l'ozone, et pas assez de l'air ; trop des mani-

---

* Pour qui croirait que cette réaction est isolée, une citation de Paul McCartney, ancien membre des Beatles, faisant part de ses inquiétudes environnementalistes : « Quand ils ont découvert dans l'ozone ce trou de 50 pieds de large [*sic*], j'ai pris vraiment peur. » Les fans de *Yellow Submarine* et du film homonyme se souviendront avec attendrissement de la « Mer des Trous ».

pulations génétiques, et pas assez de la biologie naturelle ; trop des maladies, et pas assez de la santé. Nous sommes surchargés d'informations ; ce qui nous manque, c'est la capacité de les filtrer, de leur donner sens, d'en comprendre les références. La connaissance scientifique n'est telle que d'être contrainte par de multiples conditions de validité. Hors de cette carapace protectrice, ses énoncés sont aussi mous et vulnérables qu'un bernard-l'ermite sans coquille.

Comme la couche d'ozone, précisément, qui nous protège d'un rayonnement trop intense et destructeur, il nous faut un autre écran devant celui qui nous bombarde de faits bruts et d'énoncés tranchants, pour en maîtriser les effets incontrôlés. Il n'est pas sûr qu'il soit possible, ni d'ailleurs nécessaire, de faire accéder tout un chacun aux connaissances scientifiques et spécialisées. Au moins, ne nous trompons pas sur la portée réelle de la « communication scientifique » médiatisée. Apprenons plutôt à ne pas tomber dans les trous noirs de notre atmosphère culturelle.

Mouvement perpétuel

Aux marges de la recherche scientifique orthodoxe se déploie une activité hérétique aussi intense que méconnue. Due en général à des amateurs isolés, elle se matérialise dans une abondante littérature occulte, souvent publiée à compte d'auteur. Pour ne citer que quelques exemples, on y trouve des théories de la Terre creuse, du Soleil froid, de l'atome pneumatique, etc. – et d'innombrables réfutations de la relativité. Bien que ces travaux ne contribuent guère à l'extension de nos connaissances, ils présentent souvent un indéniable intérêt critique.

Ainsi m'est récemment tombé sous les yeux un opuscule publié en 1933 à Rome sous l'ambitieux titre *La Scienza nuova*, où l'auteur, un certain Silvio Costa, s'en prend à la mécanique la plus classique – celle de Galilée et Newton –, coupable, selon lui, d'une contradiction majeure. Comment ose-t-elle affirmer à la fois, écrit-il, le principe d'inertie et l'impossibilité du mouvement perpétuel? Le premier énonce que « tout corps persiste indéfiniment dans son état de mouvement tant qu'aucune influence extérieure ne s'exerce sur lui »; mais n'est-ce pas la définition même d'un mouvement perpétuel?

Cette remarque, moins naïve qu'il n'y paraît, met en évidence la fragilité des assertions de la science et l'ambiguïté de leurs énonciations. C'est que le *perpetuum mobile* proscrit par la mécanique théorique est celui qui aurait un mouvement, non seulement sans fin, mais aussi utile, capable de fournir de l'énergie, dirions-nous aujourd'hui. Faute de stipuler cette précision, la prohibition est sans intérêt, et même, l'auteur a raison, fondamentalement erronée. Aussi est-il nécessaire, en permanence, de protéger la validité des affirmations scientifiques en revenant sur leurs conditions de pertinence, en explicitant la signification de leurs notions.

À omettre de poursuivre ce travail d'élucidation et de clarification, la science perdrait ce qui fait sa force singulière – savoir : le caractère précisément spécifié de ses idées et de ses mots ; elle se condamnerait à n'être plus qu'un recueil de formules, peu à peu vidées de leur sens. Encore faut-il reconnaître que cette tâche est toujours à reprendre, sans trêve ; comme l'écrit magnifiquement Victor Hugo : « La science cherche le mouvement perpétuel. Elle l'a trouvé : c'est elle-même. » Il aurait pu ajouter que ce mouvement n'est autre que celui du rocher de Sisyphe.

Allergies

La droite et la gauche se disputent notre tête. Il ne s'agit pas ici de politique, mais de science et, plus précisément, de neurophysiologie. On sait que le cerveau humain possède deux hémisphères, fort différents, ayant chacun sa spécialisation. Le langage et la pensée analytique dépendraient essentiellement de l'hémisphère gauche, l'émotivité et la pensée synthétique du droit – telle est du moins l'opinion dominante. Cette dissymétrie fait l'objet de très nombreux travaux, et l'on a voulu y trouver l'explication de bien des problèmes.

Il y a quelque temps, un chercheur américain annonçait ainsi avoir mis en évidence chez certains individus une anomalie congénitale du développement de l'hémisphère gauche. Caractérisée par un épaississement local du cortex, cette anomalie conduirait ses victimes à être, statistiquement parlant, bien sûr, à la fois gauchers, dyslexiques, hypersensibles aux allergies et doués en mathématiques. Voilà de quoi rassurer tous les écoliers et leurs parents, qui peinent sur des mathématiques plus ou moins modernes. Il n'y a plus aucune raison de se dire « allergique aux mathématiques », puisque ce sont peut-être les mathématiques qui sont elles-mêmes une maladie allergique. Comme le disent excellemment les chercheurs américains (je cite) : « La pathologie du défaut peut être aussi celle de la supériorité... » Heureusement, cette pathologie ne menace qu'une faible partie de l'humanité, à savoir – je cite toujours ces « scientifiques » – les « sujets mâles aux cheveux blonds et à la peau claire ». N'en concluons pas trop vite que les grands mathématiciens sont tous des bons aryens et prenons plutôt cette « découverte » avec quelque détachement. Après tout, elle n'a rien de très neuf : déjà, les phrénologues du XIXe siècle avaient identifié la bosse des maths ; leurs successeurs du XXe siècle ajoutent seulement que cette bosse se trouve à l'intérieur de la tête. Mais peut-être ai-je tort d'ironiser et suis-je victime du syndrome en question, car je me sens particulièrement allergique à cette théorie.

Mieux vaut
moins mais mieux

Panique à bord dans les départements de science des universités françaises : de 1995 à 2000, les inscriptions dans les filières scientifiques ont baissé de 5 %, et même de 10 % en DEUG. Et chacun de brandir le spectre de la perte de statut de la France comme grande puissance scientifique, preuve, selon certains, du déclin national. On peut évidemment comprendre l'émoi des universitaires des départements de physique : cette discipline, qui recruta massivement dans les années 1960, voit un nombre important de départs à la retraite se profiler dans les années qui viennent. Le nombre d'étudiants ayant baissé de façon particulièrement catastrophique dans ce secteur (plus de 40 %), il paraît évident que tous les postes d'enseignants laissés vacants par les retraités ne seront pas conservés. Mais au-delà de cette réaction aussi compréhensible que corporatiste, la situation est-elle si alarmante ?

D'où vient l'idée que le nombre absolu des scientifiques serait garant d'une recherche de qualité ? La France, qui montre le plus fort taux de chercheurs et d'enseignants scientifiques du secteur public de tous les pays développés, n'en est pas pour autant, et de loin, en tête pour sa production d'articles ou de brevets. Quant au secteur privé, si son développement et ses profits dépendaient vraiment du nombre de jeunes ayant une formation scientifique, on le verrait évidemment offrir des carrières plus attrayantes !

Que la science soit moins séduisante et qu'elle ait perdu son attrait pour cause de Tchernobyl, OGM et autres vaches folles est sans doute partiellement vrai. Mais ne pourrait-on au moins envisager l'hypothèse que, plutôt que de manquer de scientifiques aujourd'hui, nous en avions un surplus auparavant ? Et que c'est la séduction naïve qu'exerçait encore la science dans les années 1960 qui mérite une analyse critique, plutôt que la raisonnable prise de distance actuelle ? Au demeurant, ce n'est sans doute pas la connaissance scientifique en tant que telle qui rebute les jeunes : dans les lycées, les terminales scientifiques ne connaissent pas une telle crise. Le nombre de bacheliers S n'a, quant à lui, baissé que de 2 % entre 1995 et 2000 ; mais si 55 % d'entre eux s'inscrivaient dans des DEUG scientifiques en 1995, ils n'étaient plus que 43 % en 2000, et les classes préparatoires aux grandes écoles ne recrutent guère mieux.

On pourrait même finalement se réjouir de cette situation. Car l'essentiel aujourd'hui est peut-être que l'ensemble des citoyens de ce pays aient une meilleure connaissance de la science, à la fois de ses contenus et de ses enjeux. Dès lors, qu'un nombre croissant de ceux qui se destinent à une profession non scientifique soient passés par une formation scientifique ne peut qu'être une bonne chose. Encore faut-il, dans cette perspective, réformer radicalement les contenus et les formes de l'enseignement des sciences à partir des besoins supposés de leurs futurs professionnels et mettre fin au processus rétrograde par lequel les programmes des concours d'entrée à Polytechnique déterminent ceux du bac, etc., jusqu'en maternelle... Saurons-nous rénover l'enseignement des sciences en pensant avant tout à ceux qui, plus tard, n'en feront *pas* ?

L'empire de la Lune

De très précises observations à partir de satellites artificiels ont révélé que la température terrestre varie nettement selon les phases de la Lune. Toutes choses égales par ailleurs, les températures moyennes au sol lors de la pleine Lune peuvent dépasser de plus d'un demi degré les valeurs enregistrées à la nouvelle Lune. Ainsi l'influence climatique des phases de notre satellite serait-elle bien plus forte que la science n'a voulu le reconnaître jusqu'ici.

On voit déjà les sourires ironiques de certains : « Quand on vous le disait... Voilà des millénaires que les sagesses traditionnelles nous l'affirmaient. Et il a fallu à la science les techniques les plus modernes pour enfin accepter ce qu'elle a si longtemps nié ! Bientôt, vous verrez validées toute l'astrologie, puis l'homéopathie. » Cette satisfaction serait pourtant bien mal venue. Car c'est dans les régions polaires seulement que les écarts de température dus à la Lune sont aussi élevés. Près des tropiques, ils ne dépassent pas deux centièmes de degré, et leur influence est certainement négligeable*. À moins qu'ils n'aillent faire pousser leurs salades et leurs radis dans l'Antarctique, les jardiniers

---

* Les écarts de température dus aux phases lunaires n'ont rien à voir avec quelque influence mystérieuse et jusqu'ici ignorée : ils s'expliquent par les marées atmosphériques bien connues (dues à la Lune comme les marées océaniques), dont l'amplitude joue sur le taux des transferts de chaleur depuis l'équateur vers les pôles.

amateurs ne sont pas encore tenus de respecter le calendrier lunaire, et seuls les phoques et les manchots peuvent se fier à leur horoscope sélénite.

Il est vrai, certes, que la science est souvent bornée et qu'elle néglige ou disqualifie trop aisément certaines intuitions ou traditions. Il est non moins vrai que lorsqu'elle finit (parfois !) par les relayer, c'est en leur donnant une explication et une signification qui ne confortent guère les sources des anciennes connaissances validées : l'écorce de saule et la spirée des prés ont bien les propriétés fébrifuges que leur attribue la pharmacopée populaire – mais l'aspirine ainsi découverte ne doit rien à la théorie des harmonies naturelles, selon laquelle le saule, qui a ses racines dans l'eau, doit soigner les rhumes que l'on contracte en se mouillant les pieds. Et combien de remèdes traditionnels n'ont *pas* reçu de confirmation scientifique ?

Entre la superbe ignorance et la servile attention, les rapports de la rationalité scientifique avec les autres modes d'accès au savoir sont décidément bien difficiles. Mais c'est cette tension même qui fait l'intérêt de la science.

Vite fait, mal fait

Depuis quelques mois, en cet an 2000, les informations scientifiques bruissent de nouvelles révolutionnaires : les physiciens auraient démontré la possibilité de vitesses supérieures à celles de la lumière. Après bientôt un siècle de bons et loyaux services, la relativité serait mal en point et Einstein se retournerait dans sa tombe... Mais, contrairement à l'idée reçue, l'énoncé bien connu selon lequel « rien ne peut se déplacer plus vite que la lumière » est tout simplement faux. On peut s'en assurer aisément en imaginant un phare dont le faisceau tourne à, mettons, un tour par seconde. La tache lumineuse du faisceau intercepté par un mur circulaire centré sur le phare en fera le tour en une seconde également – quelle que soit la distance du mur. Il suffit de le construire avec un rayon supérieur à cinquante mille kilomètres pour que sa circonférence dépasse les trois cent mille et que la tache lumineuse s'y déplace donc à plus de trois cent mille kilomètres à l'heure... plus vite que la lumière ! Une telle expérience n'est d'ailleurs pas purement hypothétique et peut être réalisée effectivement avec la tache lumineuse des faisceaux laser interceptés par la Lune (comme la télémétrie lunaire en utilise couramment), voire avec le spot lumineux d'un tube de télévision (un peu perfectionné). De même, et plus ironiquement peut-être, la vitesse de la lumière pourrait être dépassée par l'ombre d'un objet mobile, si elle était projetée sur un écran suffisamment lointain. Nul paradoxe ici ; passée la surprise initiale, on se convaincra que de tels déplacements ne sont pas ceux d'une « chose » substantielle : les photons dont l'impact sur le mur dessinent la tache lumineuse voyagent, eux, entre le phare et le mur, à leur vitesse coutumière (il en va comme pour un jet d'arrosage tournant, dont la zone d'impact peut se déplacer plus vite que les gouttes d'eau du jet). Mais ce déplacement supraluminique n'est évidemment pas celui d'un objet matériel et ne peut aucunement servir à transporter un signal*.

Aussi ne faut-il pas aller *trop vite* : la relativité einsteinienne reste indemne – à condition d'en donner une formulation complète et correcte, à savoir qu'il existe une vitesse limite *pour tout déplacement de matière ou d'information*. Faute d'une telle restriction, les énoncés usuels sont simplement erronés. La science, comme la religion naguère, semble s'accommoder d'un double discours, subtil pour ses spécialistes (enfin, pour certains d'entre eux), grossier jusqu'à en être faux pour le bon peuple. Pour autant, les expériences actuellement menées sur certains aspects spécifiques et mal connus de la propagation des ondes électromagnétiques ne sont pas dépourvues d'intérêt, même si elles n'ont rien de révolutionnaire. Mais pourquoi les présenter sous des titres aussi accrocheurs – et pas uniquement dans la presse destinée au grand public ? Force est de constater que le but des chercheurs aujourd'hui est moins la publication que la publicité, fût-elle mensongère ! Car le commerce du savoir est moins moralisé que celui de l'alimentation, et la contrefaçon – le bas de gamme présenté comme un produit de luxe –, comme l'esbroufe – le recyclage d'une vieille marchandise en un produit à la mode – y deviennent communes. La malbouffe touche aussi les nourritures de l'esprit.

---

* Notons cependant que l'on peut utiliser ce déplacement pour propager des *corrélations*, ce qui anticipe et relativise, si l'on ose dire, certains aspects paradoxaux de la théorie quantique.

La gloire de la science

La science permet certes de comprendre – un peu – le monde si compliqué qui nous entoure, et même – parfois – d'agir sur lui. Mais à ne considérer que ces aspects, le risque est grand de rendre la connaissance scientifique à la fois intimidante, par la difficulté indéniable de ses concepts, et inquiétante, par les aléas incontrôlés de ses applications. Aussi ne faut-il pas oublier, si l'on veut donner tout son relief à la science, qu'à ses deux dimensions, théorique et pratique, s'ajoute une troisième, celle de l'esthétique.

Il ne s'agit pas de gloser ici sur la « beauté » propre de l'activité scientifique (la grâce de certaines équations, l'élégance de certaines expériences), trop ésotérique et réservée aux initiés. C'est du monde naturel qu'il est question : contemplé à l'œil nu, sans instrumentation sophistiquée, son harmonie peut être rehaussée par la science. Car nombreux sont les phénomènes qu'elle étudie (et éventuellement explique), et qui, usuellement ignorés, ne se révèlent dans toute leur splendeur que si l'on en connaît l'existence.

Ainsi de la « gloire », cette auréole irisée qui entoure l'ombre de votre tête lorsqu'elle se projette sur une nappe unie de fines gouttes d'eau, brume ou nuée. La gloire, ce qui ajoute encore à son charme, est un phénomène lumineux bien plus subtil que l'arc-en-ciel ou les halos communs. Son explication demande tout l'arsenal de la théorie ondulatoire

– et c'est un défi encore à relever que d'en donner une version simple, fût-elle approximative.

Certes, ce « météore », comme on disait autrefois, nécessite, pour une observation personnelle, des conditions un peu particulières, que l'on rencontre par exemple sur un sommet ensoleillé dominant une mer de nuages proche (ce pourquoi la gloire est aussi appelée « spectre du Brocken », du nom d'un sommet du Harz, au demeurant lieu de la mythique nuit de Walpurgis, le sabbat des sorcières). Le spectacle en vaut la peine : en groupe, chacun ne voit auréolée que sa propre ombre – à moins de la fondre avec celle de l'être aimé en un baiser glorieux ; de quoi se croire élu, comme Bernard Palissy qui rapporte cette illumination. Un peu plus prosaïquement, mais non moins spectaculairement et bien plus fréquemment, c'est d'avion aujourd'hui que l'observation de la gloire est possible. Recette : se placer près d'un hublot du côté où l'ombre de l'avion se projette de façon visible sur une couche de nuages suffisamment uniforme. Alors, pratiquement à coup sûr, vous verrez cette ombre entourée d'une auréole plus ou moins lumineuse et colorée (j'ai récemment pu observer, l'avion survolant une mince écharpe brumeuse à une dizaine de mètres seulement, une rare et superbe gloire à trois ordres d'anneaux concentriques – seuls un ou deux sont visibles le plus souvent).

Comme l'écrivait voici plus d'un siècle Jacques Babinet, excellent physicien et grand vulgarisateur trop oublié aujourd'hui : « Pour passionner les hommes, plutôt que de répondre à la question : à quoi bon ?, il vaut mieux répondre à la question : en quoi beau ? »

Un ciel démocratique

Ancrages

La science entre avenir et souvenir

> « *Torniamo all'antica. Sarà un progresso.* »
> (« Tournons-nous vers l'ancien. Ce sera un progrès. »)
>
> Giuseppe Verdi

Rejouer la science

Imagine-t-on un musicien qui ne connaîtrait pas Beethoven, un écrivain qui n'aurait jamais lu Stendhal, un cinéaste qui ignorerait Dreyer ? Et pourtant, à de très rares exceptions près, les physiciens contemporains n'ont jamais travaillé Galilée, ni Newton, ni même Einstein ; les biologistes jamais relu Harvey, ni Mendel, ni même Crick et Watson ; les mathématiciens jamais étudié Archimède, ni Euler, ni même Poincaré. Comment donc la culture générale ferait-elle place à une science qui n'entretient même pas sa culture propre ?

Pendant quelques décennies, cette négligence fut revendiquée ; « Une science qui hésite à oublier ses fondateurs est condamnée à la stagnation », écrivait le grand philosophe Whitehead au début du siècle – avec quelque ironie il est vrai, puisqu'il ajoutait : « Mais une science qui refuse de s'en souvenir est également condamnée. » L'amnésie ainsi programmée ne semble guère avoir freiné les développements de la science au XXe siècle, dira-t-on. Mais comment le démontrer ? Qu'aurait été le développement d'une science moins oublieuse de son histoire ? Peut-être eût-elle été moins novatrice, sans doute eût-elle été plus soucieuse d'approfondir ses découvertes avant de pratiquer l'actuelle fuite en avant vers de nouveaux résultats. En tout état de cause, ce phénomène, qui constitue une indubitable anomalie historique dans le champ culturel, semble en voie de disparition. Les mathématiciens ont dû retourner à Poincaré pour développer les théories modernes du chaos, et bien des biologistes, systématiciens ou éthologistes, reprennent des travaux du siècle dernier.

Comment d'ailleurs espérer communiquer aux profanes la science contemporaine si on la prive de son enracinement historique ? Que serait la vie culturelle si les programmes de concert étaient exclusivement consacrés aux compositeurs contemporains ? Si les expositions ne présentaient que l'art actuel et si les musées confinaient la peinture du passé dans leurs réserves ? Si les classiques de la littérature n'étaient pas disponibles en livres de poche et enseignés aux collégiens ? Tout comme Mendelssohn est allé tirer Bach de l'oubli et l'a mis au répertoire, comme les plus grands novateurs du free jazz, tel Archie Shepp, jouent aussi Ellington, comme les metteurs en scène d'aujourd'hui continuent à monter Shakespeare et Racine, comme les écoles d'art ne sauraient ignorer Titien et Delacroix, il est temps que les scientifiques renouent avec les œuvres du passé – et les rejouent*.

---

* C'est ainsi que le grand astrophysicien S. Chandrasekhar a consacré ses dernières années à une re-présentation de *Principia mathematica* de Newton à l'usage des contemporains (Oxford University Press, 1995).

Vive MacGyver !

« Où est le danger du clonage animal, puisque nous bouturons les plantes depuis des millénaires ? »

« Pourquoi le sublime spectacle d'une éclipse totale est-il si rare ? »

« Faut-il ou non construire une source de rayonnement synchrotron en France – et d'ailleurs, c'est quoi, ce rayonnement ? »

Ce ne sont là que trois exemples des nombreuses questions récurrentes qu'à l'occasion de tel ou tel événement le battage médiatique suscite sans véritablement aider à y répondre. Ainsi se manifestent à la fois l'absence et l'urgence d'une intégration de la science dans la culture commune. Quoi de plus naturel alors que de se tourner vers les scientifiques et de les presser de bien vouloir partager leur savoir avec les profanes ? Mais sont-ils en mesure de répondre à cette attente ? Lorsqu'un astrophysicien est incapable de reconnaître l'éclat de Jupiter dans la nuit, un biologiste de distinguer un pinson d'une linotte et un physicien nucléaire d'expliquer l'arc-en-ciel – exemples hélas courants –, on peut en douter. Après tout, les chercheurs ne sont ni formés ni payés à ces fins. Et la mission de « diffusion de la culture scientifique et technique » que leur confiait la loi d'orientation de la recherche de 1982 est restée largement un vœu pieux. Au surplus, la participation des organismes de recherche à des actions culturelles est le plus souvent réduite par la logique institutionnelle à de simples opérations de communication et de promotion de leur image de marque. Certes, il existe désormais dans notre pays un solide réseau de musées et de centres de culture scientifiques et techniques. Mais ils ont à lutter en permanence contre la dérive pédagogique, qui risque de limiter leurs efforts à pallier les insuffisances du système éducatif.

Pour échapper au Charybde du rabattement communicationnel comme au Scylla de l'aplatissement didactique, ne convient-il pas de retourner la formule convenue et, pour mettre la science en culture, de mettre la culture en science ? À quand des formations qui, du collège à l'université, ajouteraient ou, mieux, intégreraient à l'enseignement des disciplines scientifiques leur histoire, leur philosophie, et même leur économie et leur sociologie ? Comment, en effet, une meilleure connaissance de la science par les citoyens pourrait-elle se développer sans une meilleure connaissance de la cité par les scientifiques ? Ne faudrait-il pas en outre que la formation professionnelle des chercheurs (DEA, doctorat) inclue, évalue et valide leurs compétences culturelles, et leurs aptitudes à les mettre en œuvre ?

La culture seule permet de donner aux activités humaines ce sens dont la science a tant besoin aujourd'hui ; mais l'activité culturelle ne saurait se réduire à la spéculation abstraite ou à l'exhibition passive. La culture, c'est d'abord la création, sous ses formes artistiques traditionnelles ou novatrices. D'ailleurs, comment, sinon, pourrait-on conférer à la science toute sa potentialité de plaisir, sans laquelle elle ne serait que pauvres manipulations ? Prenons au moins la pleine mesure du succès public qu'ont récemment connu au théâtre des pièces comme *La Vie de Galilée* de Brecht, si admirablement montée naguère par Antoine Vitez à la Comédie-Française, *Les Palmes de Monsieur Schultz* ou *Copenhague* de Michael Frayn, qui intriquait subtilement les tourments épistémologiques des fondateurs de la théorie quantique et leurs angoisses idéologiques pendant la

Vive MacGyver !

Seconde Guerre mondiale. Et les plasticiens contemporains, sans nécessairement recourir aux technologies électroniques, peuvent nous permettre de jeter un regard neuf sur bien des aspects de la science. La grande exposition montée par Louis Bec à Avignon voilà plus de dix ans, « Le vivant et l'artificiel », reste un exemple inégalé de réflexion en acte sur le statut du biologique et ses enjeux. L'ironique recours à l'aléatoire de François Morellet, les jeux de lumière de David Boeno, les équilibres de Brigitte Nahon, les installations sonores d'Éric Samakh, les machinations de Denis Pondruel, pour, très injustement, ne citer que ces artistes-là, autant d'appels à mieux sentir et penser à la fois. Quant à la télévision, elle serait bien inspirée de nous montrer et de nous conter la science autrement que par des plateaux à vedettes, des reportages tape-à-l'œil ou des cours camouflés : les meilleures histoires de science et de technique sur le petit écran, c'est encore à MacGyver que nous les devons !

La science est à la fois trop sérieuse et trop plaisante pour être laissée aux seuls scientifiques.

Cherche et re-cherche

Il y a deux façons de faire de la sculpture : soit par apport, en rassemblant la matière, comme qui modèle la glaise ou coule le bronze, soit par retrait, en dégageant la forme désirée au sein du bloc primitif, comme qui taille la pierre. La création des formes naturelles connaît ces deux logiques du plus et du moins – même si la première a longtemps été privilégiée. Un être vivant ne se développe pas uniquement par la production des cellules nécessaires, mais aussi par la destruction de cellules superfétatoires. Ainsi, les cinq doigts de votre main ne résultent pas de la croissance de cinq pousses séparées à partir d'une ébauche de paume, mais de la division en cinq appendices, par suppression des zones intermédiaires, de l'extrémité unique d'une main embryonnaire – comme une moufle qui se transformerait en gant. Cette destruction programmée et fonctionnelle de certaines cellules, qu'on appelle de façon (trop) savante « apoptose » et de façon (trop) populaire « suicide cellulaire », est aujourd'hui l'un des thèmes de recherche les plus à la mode en biologie[*]. Beaucoup d'articles de vulgarisation la présentent comme une importante découverte récente de la biologie du développement. La plupart des chercheurs seront sans doute aussi étonnés que les profanes d'apprendre que

---

[*] Voir le livre consacré à cette question par Jean Claude Ameisen, *La Sculpture du vivant*, Seuil, 1999.

le phénomène était déjà connu au siècle dernier et fit l'objet de nombreux travaux par d'éminents chercheurs. Vogt en 1842 (la théorie cellulaire à peine établie!), le grand Weismann en 1864, Mechnikov en 1883, jalonnent un courant de recherches actif jusqu'à la Première Guerre mondiale, mais qui deviendra souterrain pour près d'un demi-siècle avant sa résurgence actuelle.

De même, la vogue du « chaos déterministe », présenté complaisamment (ah, l'effet papillon!) depuis quelques années comme l'une des avancées majeures de la physique contemporaine, ne devrait pas cacher que les avancées dans ce domaine résultent de l'exploitation enfin reprise d'un filon trop longtemps déserté. La physique mathématique de la fin du siècle dernier, culminant avec les travaux d'Henri Poincaré, avait déjà dégagé les idées essentielles qui ont, enfin, été redéveloppées, ordinateurs aidant et demande sociale commandant (météorologie). Quant aux fractales, exhibées comme emblématiques des dernières innovations scientifiques, si elles ont été étudiées, généralisées, baptisées et popularisées avec talent par Benoît Mandelbrot, elles sont en fait (à leur nom près), une création des mathématiciens français des années 1920 (Julia, Fatou).

De plus en plus nombreux se font, au sein d'une science trop rapidement fière de sa modernité, ces retours à des projets anciens indûment occultés. Une bonne partie de l'avenir de la science est à découvrir dans son passé, et bien des programmes de recherche novateurs dorment dans les archives. Ainsi devrait-on prendre au pied de la lettre le curieux tour de langue, peu noté, qui veut que les chercheurs se livrent à une activité dénommée *re*-cherche.

Les cathédrales de la science

Si l'Église a constitué le principal adversaire idéologique de la science moderne à ses débuts, comme le montre l'affaire Galilée, l'habituelle ironie de l'Histoire veut que ce soit dans une cathédrale, celle de Pise, qu'en 1583 ledit Galilée ait – selon une légende certes douteuse –, observant les oscillations d'un lustre, découvert la constance de la période du pendule, point de départ de sa théorie du mouvement. Et l'Église, avec ses lieux de culte majeurs, a rapidement offert à la science les premiers instruments géants, annonciateurs de la *Big Science* d'aujourd'hui. Comme l'écrit J. Heilbron, « les historiens ont en général accordé plus d'attention aux ennuis de Galilée qu'à la façon dont l'Église a tenté de se dégager de la position inconfortable dans laquelle elle s'était mise par son refus de l'héliocentrisme »*. C'est en effet dans des cathédrales (où, sinon, trouver d'aussi amples bâtiments ?) que furent bâties, dès le XVIIe siècle, les héliomètres, ou « méridiennes », échelles graduées sur le pavement des nefs où le Soleil à midi se projetait par un petit trou dans la toiture en un point dépendant de sa hauteur dans le ciel, et donc de la date. Souvent construits et utilisés par de savants jésuites, ces calendriers solaires perfectionnés permirent à la fois d'affiner les calen-

* John L. Heilbron, « Les églises, instruments de science », *La Recherche*, n° 307, mars 1998, p. 78-83

driers liturgiques (en aidant au comput de Pâques par exemple) et d'obtenir des données astronomiques précises sur la révolution annuelle de la Terre. Parmi les plus célèbres, on peut toujours voir aujourd'hui la méridienne de San Petronio à Bologne (à et avec laquelle travailla le grand astronome Gian Domenico Cassini) et celle de Santa Maria degli Angeli à Rome, ainsi que quelques éléments de celle de Saint-Sulpice à Paris – église qui dut justement au patrimoine scientifique qu'elle recélait d'échapper, sous la Révolution, à certaines destructions.

Ce sont encore des cathédrales qui permirent au XIXe siècle la mise en évidence de la rotation terrestre si farouchement niée par l'Église deux siècles plus tôt. Elles seules encore offraient en effet les espaces nécessaires à l'installation des majestueux pendules de Foucault dont la lente rotation du plan d'oscillation matérialisait aux yeux de tous le mouvement de la Terre autour de son axe. C'est au Panthéon, l'ancienne Sainte-Geneviève, sanctuaire consacré désormais aux saints laïcs, que Foucault installa en 1851 son premier pendule public, à la demande de Louis-Napoléon Bonaparte (qui était encore président de la République); le succès public fut considérable. Très rapidement, c'est dans leur cathédrale que Reims, Amiens, Cologne, Londres et bien d'autres villes exhiberont leur pendule de Foucault. Aujourd'hui, un pendule de Foucault a été remonté au Panthéon et celui du musée des Arts et Métiers, dont la célébrité a été amplifiée par le roman d'Umberto Eco, oscille à nouveau sous les voûtes de la chapelle Saint-Martin-des-Champs.

De fait, la monstration du pendule et la révérence émerveillée avec laquelle les visiteurs contemplent, sans vraiment le comprendre, un phénomène plus compliqué qu'on ne veut bien le leur dire* rappellent fort l'ostension des reliques.

---

* Pourquoi donc la rotation du pendule ne se fait-elle pas en 24 heures, comme la plupart des explications simples (simplistes !) du phénomène le laissent croire ?

Les cathédrales de la science

Mais non contente d'utiliser les cathédrales à ses fins profanes, la science a récupéré leur sacralité. Réussite suprême, ses plus grands hommes ont trouvé leurs dernières demeures aux côtés des princes de la terre et de l'Église. Ainsi Galilée a-t-il fini par être enterré, plus d'un demi-siècle après sa mort, dans l'église Santa Croce de Florence, en face de Michel-Ange ; son monument se détache sur une ancienne fresque dédiée à Marie-Madeleine, de sorte que la sainte apparaît en prière devant le savant – l'une comme l'autre regrettant peut-être son repentir... Non loin, le musée d'Histoire des sciences de Florence exhibe le squelette d'un doigt de Galilée, pieusement prélevé sur sa dépouille, et à jamais pointé vers le ciel ; il côtoie la lentille brisée de l'une des premières lunettes du patron tutélaire de la physique, montée, tel un morceau de la Vraie Croix, dans un somptueux cadre d'ébène et d'ivoire. Toujours en Italie, c'est un « temple » particulier qui a été érigé à la mémoire de Volta, le Tempio Voltiano de Côme. Newton et Darwin ont leur tombeau à Westminster Abbey, où les a récemment rejoints Dirac. Et c'est au Panthéon, cathédrale laïque, que reposent nombre des gloires de la science française, tels Berthelot, Pierre et Marie Curie, Perrin et Langevin.

Récemment encore, les physiciens, s'efforçant d'expliquer à une opinion de plus en plus réticente la nécessité de construire des accélérateurs de particules toujours plus grands et surtout plus coûteux, ne trouvaient comme justification ultime que de les présenter comme « les cathédrales des temps modernes ». C'est dire que si l'Église jadis condamna Galilée, elle n'a plus maintenant à craindre de ses successeurs qu'une certaine concurrence. Sans aller jusqu'à prôner, avec l'épistémologue anarchiste Feyerabend, une séparation de la Science et de l'État calquée sur celle de l'Église et de l'État, convenons qu'une nouvelle laïcisation de notre rapport au savoir devrait permettre de prendre un certain recul par rapport à tous les dogmatismes d'aujourd'hui...

Un alliage révélateur

En 1897, le physicien suisse Guillaume découvrait les étranges propriétés d'un alliage de fer (64 %) et de nickel (36 %) : contrairement à la plupart des métaux, sa dilatation thermique est pratiquement nulle. Baptisé Invar, il valut à son découvreur le prix Nobel en 1920, et connut rapidement de nombreuses applications dans la mécanique horlogère, les rubans d'arpentage, les grilles d'écrans de télévision – bref, partout où l'on a besoin d'une haute précision, insensible aux variations de température. Mais plus d'un siècle après sa découverte, les particularités de cet alliage, pourtant composé de métaux bien connus, n'étaient toujours pas comprises. De quoi relativiser les succès dont se targue la théorie quantique : si elle explique les propriétés fondamentales des solides (cohésion, conduction électrique et thermique, etc.), elle reste souvent muette devant les spécificités de matériaux même assez simples.

Il a fallu plus d'un siècle pour que l'on annonce, avec un grand battage, le succès d'une analyse théorique des propriétés de l'Invar à partir des principes de base de la physique des métaux[*]. Il s'agit pourtant d'un pur calcul numérique, dont la complexité ne permet guère de dégager ce

---

[*] M. Van Schilfgaarde, I. Abrikosov, B. Johansson, « Origin of the Invar Effect in Iron-Nickel Alloys », *Nature*, n° 400, 1ᵉʳ juillet 1999, p. 46-49.

qu'on aimerait appeler une *explication*, en termes d'idées plutôt que de nombres. Proposons une analogie littéraire. Supposons qu'un texte mystérieux, dans un alphabet inconnu, ait jusqu'ici échappé à toute compréhension. Une analyse cryptographique avec des moyens informatiques lourds pourrait bien établir qu'il s'agit de la transcription d'un texte étrusque, mais sans pour autant permettre d'en comprendre la signification ni la portée. Le grand physicien James Clerk Maxwell, à la fin du siècle dernier déjà, faisait mine de s'étonner que « nos équations comprennent plus de choses que nous ». Nos formalismes, effectivement, comprennent (au sens de contenir) plus que nous ne comprenons (au sens de concevoir) avec leur aide.

Le cas de l'Invar est révélateur des traits nouveaux de la technoscience :

– La modernité de nos découvertes ne saurait occulter les très amples décalages entre d'anciens problèmes et leur solution récente (ou, plus souvent encore, à venir…). L'avancée du front des recherches scientifiques, loin de ratisser uniformément l'ensemble du champ de nos interrogations, laisse subsister à l'arrière de larges zones d'ignorance.

– Nos capacités de calcul numérique l'emportent considérablement sur nos possibilités d'entendement conceptuel. Que les ordinateurs puissent simuler des systèmes de plus en plus complexes et nous montrer les conséquences des lois que nous tenons pour valides ne signifie pas que nous maîtrisions les phénomènes ainsi reproduits.

– Nos pouvoirs de transformation s'accroissent plus vite que nos pouvoirs de compréhension : nos savoir-faire dépassent nos savoirs – à nouveau… Car c'est le paradoxe de la moderne technoscience qu'elle renoue ainsi avec la longue histoire de la technique humaine, par-delà moins de deux siècles d'illusions.

Un passé pas si simple, un futur pas si sûr

Au début de ce siècle, l'aluminium était considéré comme un métal précieux et utilisé en bijouterie et en orfèvrerie (et expressément autorisé à ce titre par l'Église pour la confection d'objets de culte), telle est l'une des surprises qui attendent le visiteur du musée des Arts et Métiers rénové. Bien d'autres étonnements lui sont réservés s'il consent à oublier ses préjugés. Comment, devant l'*Avion-3* d'Ader, sorte de chauve-souris géante, imaginer sa postérité qui a fait de son nom propre un nom commun, et comment relier ses fines ailes membraneuses à la puissante lame métallique, prototype d'aile d'Airbus, qui occupe une bonne partie du mur de la Chapelle, haut lieu du musée ? Comment, devant l'air pataud du fardier de Cugnot, ses poutres de charpente, son banc-coffre de ferme, sa chaudière d'alambic et son poids (près de trois tonnes), pronostiquer les automobiles modernes ?

Si l'histoire des objets montre une telle contingence, c'est que la technique n'est pas seule en cause. Il était difficile de prévoir les matériaux et les outils qui transformèrent l'*Avion* en avion et le fardier en automobile, mais il était plus difficile encore de prédire les usages sociaux qui feraient de ces engins des objets de la vie courante. Tant les premiers aéroplanes que les premières voitures furent considérés (et conçus) comme de coûteux joujoux pour riches sportifs, puis comme des machines d'usage militaire. Plus instructifs encore sont les cas inverses d'innovations technologiques séduisantes qui ne connurent pas le succès, ainsi le moteur rotatif Wankel (que les collections du musée illustrent par une magnifique moto), plus rationnel (moins de pièces), plus léger et plus économique que le moteur à piston standard ; parmi les causes de son insuccès figure au premier plan l'inertie d'une industrie automobile dont la modification des procédures de fabrication et de formation aurait exigé des investissements jugés exorbitants. L'excellence technique n'est pas une condition nécessaire, ni suffisante, de la réussite industrielle (l'informatique connaît aujourd'hui un cas d'école semblable avec la marginalisation d'Apple).

La visite du musée ne serait qu'un agréable passe-temps si les réflexions qu'elle suscite étaient confinées à une nostalgique évocation historique. Mais cette exploration du passé vaut surtout par sa portée future. Car elle démontre à l'évidence le peu que nous savons de notre avenir technique. La maîtrise, dont nous sommes si fiers, de ces objets perfectionnés qui occupent (et souvent encombrent) notre espace et notre temps – télévision, ordinateur, téléphone portable, etc. – ne concerne que leur utilisation fonctionnelle, et non leur usage social. Sans doute serions-nous aussi étonnés par leurs successeurs dans un siècle que Cugnot devant une Renault Espace ou Ader devant un Airbus 360, et surtout par le rôle de ces avatars dans les modes de vie du XXIIe siècle. C'est donc un nécessaire scepticisme quant aux prédictions de tous les techno-voyants que suscite la visite du musée des Arts et Métiers, et, du coup, un relatif optimisme quant à nos possibilités de mieux maîtriser notre avenir technique. Une fois encore, le passé est ici un raccourci vers le futur.

L'ambre d'un doute

Les Grecs avaient remarqué l'attirance de l'ambre frotté pour les fétus de paille et les poussières. Pendant de nombreux siècles, ce phénomène singulier ne fut guère que l'une des nombreuses énigmes dont la Nature est prodigue. Quand s'accrut la liste des substances offrant un semblable comportement, comme le verre frotté avec une peau de chat (les règles éthiques présidant à l'usage des animaux de laboratoire laissaient encore à désirer…), on commença à penser qu'il y avait là plus qu'une spécificité de certains matériaux, et qu'il s'agissait peut-être d'une manifestation profonde de forces naturelles essentielles. Ainsi naquit, de cette matière précieuse que les Grecs nommaient *electrôn*, toute une science nouvelle, celle de l'électricité. Mais pendant longtemps encore, la seule façon de produire ses effets consista à organiser le frottement de substances solides – la tribo-électricité. Ainsi furent construites toutes les « machines électriques » du XVIIIe siècle.

La pile de Volta, dont nous fêtons cette année le bicentenaire, et la dynamo de Gramme allaient faire basculer la pratique et la théorie de l'électricité dans l'étude des courants, puis des ondes. L'électrocinétique, puis l'électromagnétisme reléguèrent la tribo-électricité à un rang second. C'est ainsi que, en l'an 2000, on connaît moins bien ce phénomène simple, naturel et d'observation plurimillénaire, que les manifestations subtiles et artificiellement mises en scène depuis deux siècles. Mais le retour du refoulé opère aussi dans la science, et des thèmes de recherche oubliés ou occultés y ressurgissent de plus en plus fréquemment. En témoigne une savante publication récente du Groupe de physique des solides de l'université Paris 7-Denis Diderot, dont la substance générale est que la tribo-électricité, eh bien, c'est *vraiment* compliqué, et que la discussion sur ses mécanismes n'est pas près d'être close*.

Ainsi va la science, non pas en accroissant toujours et de façon systématique l'aire de nos connaissances, mais en laissant de vastes pans d'ignorance à l'arrière du front de ses batailles contre l'inconnu. Comme des régions jadis riches en industries aujourd'hui obsolètes se transforment en friches industrielles, il existe de véritables friches scientifiques, domaines jadis cultivés mais abandonnés. Car ce ne sont certes pas les observations les plus simples et les problèmes les plus naïfs que la science traite d'abord. Elle n'avance qu'en modifiant perpétuellement ses interrogations pour – éventuellement – y répondre. Aussi l'une des plus raisonnables définitions de cette étrange activité serait-elle sans doute la suivante : « La science, c'est l'art de transformer les questions jusqu'à ce qu'elles trouvent une réponse. »

---

* M. Saint-Jean & *al.*, *European Physical Journal B*, p. 471-477, 1999.

Pourquoi (re)lire les classiques ?

On n'imagine pas un écrivain qui n'aurait pas lu Proust et Faulkner, un philosophe qui n'aurait pas travaillé Husserl et Sartre, un musicien qui n'aurait pas écouté Stravinsky et Messiaen, un peintre qui n'aurait pas regardé Picasso et Malevitch. Mais on ne s'étonne pas qu'un physicien n'ait pas lu Einstein ni Heisenberg – pour nous en tenir à ce siècle : la comparaison entre la fréquentation par leurs successeurs respectifs de Rabelais et Cervantès, Descartes et Kant, Monteverdi et Mozart, Titien et Goya d'une part, et Galilée et Newton de l'autre, serait encore plus éloquente.

La science, a-t-on pu croire, serait sans âge, récapitulant en permanence son passé dans son présent, dégagée des exigences de la mémoire. Nous abandonnons à peine cette belle mais naïve vision. C'est le développement même de la science qui nous y contraint. On aurait bien surpris les jeunes chercheurs d'il y a quelques décennies en leur annonçant qu'au début du XXIe siècle l'un des domaines les plus actifs et les plus prestigieux de la physique théorique serait la dynamique non linéaire, héritière directe de la « vieille » mécanique du XIXe, par-dessus trois quarts de siècle de physique « moderne », quantique et relativiste. On les aurait choqués plus encore en leur apprenant que la physique des particules et interactions fondamentales, après cinquante ans de domination peu contestée sur la physique

« de pointe », allait probablement connaître à son tour une phase de récession. Aussi pourrait-on voir avec quelque malice la publication d'un recueil* des grands textes originaux qui ont jalonné le développement de la physique atomique, puis nucléaire et subnucléaire, comme ces albums de souvenirs nostalgiques que les grandes stars feuillettent au soir de leur carrière pour se rappeler leurs succès passés.

Il ne faut cependant pas sous-estimer les exploits de cette physique, celle de la plongée vers l'élémentaire de la matière et le fondamental de sa pensée. La lutte des théoriciens pour rompre avec des représentations trop familières et pour construire de nouveaux concepts adéquats à la compréhension du monde dans ces cantons nouveaux de notre expérience ne saurait être méprisée. Il est bon de pouvoir revivre « en direct » ces efforts admirables et d'en retrouver la vigueur et la complexité, trop souvent affadies ou aseptisées dans les manuels d'enseignement et les livres de vulgarisation. Encore faut-il aussi rendre hommage au travail des expérimentateurs qui ne fut pas moindre : Bohr sans Rutherford, de Broglie sans Davisson et Germer, Fermi (théoricien) sans Fermi (expérimentateur), Feynman sans Lamb, ne peuvent illustrer qu'une face des médailles commémoratives des triomphes de cette physique. Que ces travaux pratiques n'aient pas connu, hors du milieu professionnel, la même notoriété que les recherches théoriques, et n'aient pas fait l'objet d'autant d'exégèses philosophiques et métaphysiques souvent douteuses, ne fait que renforcer la nécessité de corriger une vision par trop désincarnée de la science contemporaine.

À propos de ces exégèses d'ailleurs, la vulgate des commentaires épistémologiques et historiques sur la théorie quantique, et beaucoup d'idées reçues sur son « interprétation » et ses implications, sont sérieusement mises à mal

---

* José Leite Lopes et Bruno Escoubès (sous la dir. de), *Sources et évolution de la physique quantique (textes fondateurs)*, Masson, 1994.

Pourquoi (re)lire les classiques ?

par le retour aux sources que nous offre la lecture des textes originaux. On constate ainsi, non sans un étonnement porteur d'intéressantes questions, qu'Einstein n'utilise pas le terme de « photon », ni Rutherford celui de « noyau » ; plus surprenant encore, les articles fondateurs de De Broglie ne font aucune mention de la « longueur d'onde » qui porte son nom, et celui de Heisenberg élimine d'emblée la position de l'électron des grandeurs « observables ». Quant à Born, c'est dans une note de repentir ajoutée lors de la correction des épreuves qu'il interprète comme probabilité le *carré* de la fonction d'onde ! En d'autres termes, les idées nouvelles une fois découvertes, il reste à les dégager de leur gangue et à les polir, à les structurer, à les transformer en paradigme, comme on dit aujourd'hui.

Un tel retour aux origines n'est pas une simple visite commémorative. La physique fondamentale, si elle n'est plus seule au faîte de la renommée, reste encore vivante et riche de problèmes et de promesses. La difficulté même des tâches qu'elle affronte désormais rend certainement nécessaire le développement d'idées neuves. Rien de plus utile dans ces conditions qu'un retour au passé. L'histoire des sciences abonde en situations où l'innovation a surgi d'œuvres anciennes dont certaines potentialités sont restées incomprises ou négligées (ainsi de la relecture des travaux de Poincaré, après plusieurs décades d'oubliettes). Il est tout à fait plausible que nombre de textes fondateurs, comme ceux ici évoqués, recèlent, dans la confusion inéluctable des commencements, d'utiles indications pour aujourd'hui ou demain.

Il faut donc lire ces textes, non seulement comme des témoignages du passé, mais comme des appels du futur. C'est dire que, de fait, nous devons considérer Einstein et Heisenberg *comme* Proust et Faulkner, Husserl et Sartre, Stravinsky et Messiaen, Picasso et Malevitch. Physiciens, encore un effort pour être cultivés !

Les savants du savon

Une bonne part de l'activité scientifique du siècle dernier (le XXe) a été consacrée à la découverte et à l'étude de phénomènes toujours plus étranges et lointains. La physique, en particulier, qui tint longtemps le haut du pavé, délaissa le comportement de la matière ordinaire, jets d'eau ou tas de sable, pour s'en aller explorer le monde des particules subnucléaires ou les frontières du cosmos en expansion. Ce ne fut pas une mince surprise pour bien des chercheurs, persuadés que seuls ces domaines ésotériques recelaient un véritable intérêt scientifique, que de constater dans les années 1980 le retour en force d'une physique du quotidien, s'employant à comprendre les mécanismes du collage ou du mouillage.

Gageons que le XXIe siècle sera, sinon celui de la spiritualité comme le voulait Malraux, du moins celui d'une scientificité rénovée et d'autant plus surprenante que commune, la banalité des objets étudiés renforçant les énigmes de leurs comportements. Deux exemples récents viennent illustrer cette perspective. Chacun a vu, et sans doute fabriqué, des bulles de savon ; il est courant d'observer une double bulle, formée de deux sphères incomplètes ayant une paroi circulaire en commun – naturellement : comment imaginer une autre façon pour deux bulles de s'accoler ? Pourtant, on a démontré récemment qu'une autre disposition possible, et même plus stable, est obtenue si l'une des bulles prend la forme d'un tore (comme un pneu de voiture) et encercle l'autre, qui, légèrement étranglée, prend une forme d'haltère. Reste à savoir dans quelles conditions cette spectaculaire configuration peut être créée.

Les films de savon ne restent pas seulement la source de problèmes neufs, ils offrent des dispositifs expérimentaux fort astucieux. C'est en étudiant les mouvements, oscillants d'un léger fil de soie dans le courant d'une mince couche d'eau savonneuse en mouvement que des chercheurs ont récemment apporté quelque lumière sur un problème de dynamique des fluides, le claquement des drapeaux dans le vent, curieusement resté jusqu'ici incompris, défiant les meilleurs spécialistes. Comme quoi il n'est pas indispensable de dépenser quelques milliards de dollars – le coût d'un accélérateur de particules ou d'un télescope spatial – pour s'attaquer à des problèmes excitants et au surplus riches sans doute d'implications pratiques. Sans pour autant souhaiter à la *Big Science* le sort des dinosaures, on ne peut que se réjouir de voir renaître une recherche à l'échelle humaine. Dans son impétueuse avance, la science a laissé bien des grains à glaner dans ses divers champs, offerts à qui prendra le temps et le soin de les explorer à nouveau. On pourra d'ailleurs donner ainsi tout son sens à ce curieux mot : la re-cherche.

Des flammes du bûcher
aux lumières de la science

Voici quatre cents ans, le 17 février 1600, s'allumait au cœur de Rome, sur le Campo dei Fiori, le bûcher où périt Giordano Bruno, l'un des plus libres esprits de son temps – et peut-être de tous les temps.

Bruno développe dans ses livres une conception du monde résolument matérialiste et unitaire, qui lui vaudra d'être trois fois excommunié, par les catholiques, les calvinistes et les luthériens successivement, mais qui lui gagnera plus tard l'admiration de Schelling (qui en fait l'interlocuteur principal de l'une de ses œuvres de jeunesse, intitulée justement *Bruno*) et l'intérêt de Hegel. C'est sans doute moins l'hétérodoxie de ses opinions que la mobilité de ses idées qui fut insupportable aux institutions religieuses. Plus relativiste que sceptique, Bruno écrit en 1588, anticipant de près de deux siècles sur la tolérance des Lumières, que sa propre doctrine « est celle de la coexistence pacifique des religions, fondée sur la règle unique de l'entente mutuelle et de la liberté de discussion réciproque ». Bruno méprise les doctes ; il récuse aussi bien l'opinion commune, mais fait confiance à la raison « de tout un chacun ». Aussi s'identifiera-t-il souvent à l'âne, que son ignorance, sa patience et son obstination constituent en allégorie emblématique du chercheur de vérité. Son refus de l'autorité, son courage intellectuel et physique –, son audace inventive, feront du Nolain une référence pour tous les esprits indépendants et novateurs. On ne cesse de découvrir à son œuvre des échos inattendus : en notre siècle, il inspirera James Joyce comme Bertolt Brecht, et jusqu'au mouvement artistique Fluxus.

Ayant opté pour le copernicanisme, Bruno le dépassera d'emblée. Ce n'est pas la théorie purement astronomique de l'héliocentrisme qui le passionne, mais la nouvelle vision du monde qu'engage le décentrement de la Terre – non pas la cosmographie, mais la cosmologie. Il sera l'ardent propagandiste d'un univers infini, de la pluralité des mondes et du vitalisme cosmique. Certes, il serait abusif de faire de Bruno le pionnier de la science nouvelle. Là où Galilée, de vingt ans son cadet, inaugurera la modernité, Bruno reste lié à des modes de pensée archaïques. Mais précisément, par-delà le tribut que commande sa liberté d'esprit en un temps qui ne la permettait guère, la leçon la plus forte qu'il nous faut tirer de son œuvre est la fécondité de son anachronisme. Car les idées nouvelles ne naissent jamais sous la forme claire et nette que la postérité leur donne rétroactivement. Chez Bruno, ce sont des éléments d'hermétisme, de magie naturelle, de philosophie néoplatonicienne, qui se combinent pour produire une conception du monde audacieuse et visionnaire. Même si on ne peut lui attribuer aucune découverte scientifique majeure, Bruno a joué un rôle essentiel en préparant les mentalités à la révolution galiléenne. Aujourd'hui, les nombreuses découvertes de planètes extrasolaires, le développement des recherches sur d'éventuelles formes de vie extraterrestre, comme le gain de crédibilité scientifique de l'hypothèse Gaïa, constituent un magnifique hommage en acte à sa *pré*-science. C'est parce qu'il est à la fois en retard et en avance sur son temps que Bruno est du nôtre – et de tous les temps à venir.

Mais sommes-nous aujourd'hui, plus qu'il y a quatre siècles, capables d'entendre les porteurs de ces polémiques exubérantes, de ces confusions fertiles, de ces archaïsmes paradoxaux qui préparent l'avenir ? En ces temps de certitudes prétendument rationnelles, souvenons-nous de ce que nous devons aux mauvais esprits.

Un entretien
avec Galileo Galilei

Au très Illustre et très Excellent Monsieur Galilée mon Maître Vénéré, Monsieur Galilée des Galilée, premier Professeur de Mathématique du Sérénissime Grand-Duc de Toscane* :
Comment réagissez-vous à votre réhabilitation par le Vatican au début de l'année 1993 ?

Elle prouve essentiellement que le centre du monde, ce n'est plus l'Église et qu'elle l'a enfin compris ! Mais je n'ai pas été « réhabilité »... Les autorités de l'Église refusent elles-mêmes cette terminologie. De fait, le procès de 1633 n'a pas été révisé et ses conclusions n'ont pas été invalidées. Il s'agit simplement d'une tentative d'*aggiornamento* des rapports entre l'Église et la Science – à bon compte : il est plus facile aux théologiens d'admettre qu'ils se sont trompés sur l'astronomie il y a trois siècles et demi, que d'affronter les problèmes aujourd'hui posés à la doctrine par la théorie de l'évolution ou la psychanalyse. Darwin et Freud ont eu la chance de n'être pas catholiques et d'échapper à la condamnation du Vatican ! J'étais quant à moi, comme le pape vient de le reconnaître, un fils fidèle de l'Église, et soucieux de son avenir intellectuel ; c'est ce qui m'a rendu

---

* Suivant les termes des lettres adressées à Galileo Galilei par Nicolas de Peiresc.

le plus amer dans ma condamnation. J'en profite pour vous faire une révélation : les historiens des sciences tiennent pour une légende l'exclamation qui m'a été attribuée après mon abjuration, le fameux « *Eppur si muove !* » ; en fait, je me suis écrié « *Eppur si muoverà !* »… en pensant, non à la Terre, mais à l'Église elle-même : « Et pourtant, elle bouge*ra* ! » J'avais raison. D'ailleurs, vous verrez que, d'ici peu, je serai tenu pour une des plus grandes gloires de la culture catholique, et qu'il se trouvera même des esprits éclairés pour demander qu'on me fasse un nouveau procès, en canonisation cette fois.

> *Le pape Jean-Paul II a demandé que dans le réexamen de votre procès il y ait une « reconnaissance loyale des torts de quelque côté qu'ils viennent ». Considérez-vous que vous avez, de votre côté, commis des erreurs ?*

Oui, j'ai commis une grave erreur ! Je m'en suis rendu compte pendant mes dernières années, lorsque, reclus à Arcetri, la solitude et la cécité me permettaient de prendre quelque distance avec les événements de ma vie. Mais ma faute n'a été ni théologique, ni philosophique : il s'est agi d'une sérieuse erreur d'évaluation politique, lorsque, dans les années 1609-1610, je décidai de quitter la République de Venise pour le grand-duché de Toscane. À cette époque, mon activité scientifique prenait une ampleur considérable (c'est en janvier 1610 que je déchiffre, avec ma lunette, le « message céleste » : découverte des satellites de Jupiter, mise en évidence du relief lunaire, résolution de la Voie lactée en étoiles, etc.). Mais à cause de mes tâches d'enseignement et des exigences des pouvoirs publics, je manquais de temps et d'argent pour me consacrer à plein temps à la recherche. « Obtenir d'une république un salaire sans servir le public, cela n'est pas habituel car, pour retirer un profit du public, il faut satisfaire le public, et non pas un seul particulier ; et aussi longtemps que je suis capable de faire cours et de servir, aucun homme d'une république ne peut m'exempter d'une telle charge en me laissant mes émoluments ; et, en somme, je ne peux espérer une pareille commodité de personne d'autre que d'un prince absolu » – telles étaient mes réflexions à l'époque*. Je crus choisir la liberté en me mettant au service des Médicis, grands-ducs de Florence ; je n'hésitai pas à leur dédier les satellites de Jupiter que je dénommai « planètes médicéennes », et à leur écrire en mai 1610 : « J'ai de grands et tout admirables projets. Mais il ne peuvent servir ou, pour mieux dire, être mis en œuvre que par des princes… » Ce fut un calcul à courte vue ; si j'étais resté à l'université de Padoue, l'indépendance jalouse de Venise par rapport à la papauté m'aurait certainement protégé contre les pressions romaines, alors que la politique de compromis du grand-duc de Toscane a fini par me livrer à l'Inquisition. Cette illusion que l'intérêt de la science l'emporte sur les contraintes du politique, beaucoup de mes successeurs l'ont, hélas, partagée…

> *Outre cette mise en garde, quels conseils donneriez-vous aux chercheurs d'aujourd'hui quant à leur activité scientifique proprement dite, dont vous avez bien dû observer les développements modernes ?*

J'ai l'impression fâcheuse que beaucoup d'entre mes jeunes confrères s'épuisent dans une lutte au coude à coude avec leurs collègues, plutôt que de tenter de sortir des sentiers battus. Ils n'ont d'ailleurs pas tellement l'air de s'amuser… Il m'a toujours semblé, quant à moi, qu'on ne pouvait pas séparer l'intérêt pour la science des autres passions de l'esprit. C'est d'ailleurs au privilège, dont j'ai bénéficié, d'être pleinement immergé dans la culture de mon temps que j'ai dû nombre de mes succès : si j'ai réussi à faire une théorie mathématisée du mouvement, ce fut grâce à la connaissance intime du temps et de son écoulement que je tirais

---

* La citation entre guillemets est extraite d'une lettre de Galilée datée de février 1609 (*Opere*, t. X, p. 233).

de ma familiarité avec la musique (mon père, Vincenzo, fut un très grand musicien, ami de Monteverdi, et mon frère Michelangelo était compositeur) ; si, observant la Lune, j'ai pu voir dans les taches lumineuses de sa surface les sommets de ses montagnes et comprendre son relief, ce fut grâce à mes talents de peintre et de dessinateur, versé que j'étais dans les techniques de la perspective et du *chiaroscuro* ; si mes livres ont connu un tel retentissement, ce n'est pas seulement parce que je les ai écrits en italien plutôt qu'en latin, mais surtout parce que j'ai mis à profit, en les écrivant, les leçons de style que j'avais prises en fréquentant assidûment les meilleurs auteurs, comme l'Arioste*. Aussi mon conseil est-il très simple : « Chercheurs, pour faire de la meilleure science, intéressez-vous un peu plus à tout le reste ! »

[Cet entretien a été mené en faisant *tourner* une table (de logarithmes).]

---

* Sur la dimension culturelle de la figure et de l'œuvre de Galilée, on pourra lire les textes rassemblés dans le numéro 13 (automne 1992) de la revue *Alliage (culture, science, technique)*.

Bergson/Einstein : non-lieu ?

Au début de l'année 1922, le philosophe Bergson, déjà au faîte de sa renommée, publia un ouvrage intitulé *Durée et Simultanéité* avec pour sous-titre *À propos de la théorie d'Einstein*. Il y développait une évaluation critique de la conception einsteinienne du temps. Mais, très vivement contesté par les scientifiques, ce livre acquit rapidement une fâcheuse réputation, et Bergson lui-même finit par le mettre de côté. Cet épisode des relations entre philosophes et physiciens est en général invoqué par les seconds à l'appui des opinions peu flatteuses qu'ils ont souvent des premiers. L'affaire mérite pourtant d'être réexaminée.

Au printemps 1922, Einstein effectua une visite en France, restée fameuse. Le 6 avril, il rencontra Bergson lors d'une séance de la Société française de philosophie consacrée à la relativité, où il se borna à contester brièvement la distinction bergsonienne entre « temps du philosophe » et « temps du physicien », sans entrer plus avant dans l'argumentation du philosophe – en partie sans doute faute d'une connaissance suffisante du français. Le débat tourna court. Seules quelques allusions d'Einstein au travail de Bergson sont connues, comme ce passage d'une lettre de 1923 à son ami Solovine, où il écrit : « Bergson, dans son livre sur la théorie de la relativité, a fait des boulettes monstres ; Dieu les lui pardonnera. » Reste aujourd'hui dans l'opinion commune l'idée vague d'un débat de sourds, où se serait manifestée la double et mutuelle incompétence des deux hommes, Bergson échouant à comprendre la physique du temps relativiste et Einstein se montrant incapable de saisir les subtilités de la conception bergsonienne du temps vécu. Si aucun élément ne permet de remettre en cause le second volet de cette appréciation, le premier mérite pour le moins d'être réévalué avec attention. La (re)lecture de *Durée et Simultanéité* fait d'abord apparaître qu'il s'agit moins d'une attaque contre la théorie de la relativité que d'une tentative pour la « récupérer ». Après tout, la relativité connaissait depuis 1919 une vogue immense et faisait l'objet d'exégèses sans fin; l'on voit mal comment Bergson, sans nul doute le maître du temps philosophique à l'époque, aurait pu ne pas s'en saisir. On pourrait sourire de cette prétention si la position de Bergson révélait une incompréhension aussi grande qu'on le dit couramment. Mais tel n'est pas le cas, et l'ouvrage révèle à l'examen attentif une portée qui est tout sauf négligeable.

La plupart des exposés de la relativité disponibles à l'époque étaient loin d'avoir passé le cap de cette « refonte épistémologique » dont Bachelard a bien montré la nécessité pour toute théorie nouvelle. Les articles et les livres sur lesquels s'appuie Bergson présentent la théorie avec des expressions souvent inadéquates dont beaucoup – mais pas toutes ! – ont disparu depuis. Les formulations initiales de la relativité einsteinienne en termes de « temps multiples », de « ralentissement du temps », et même de « contraction des longueurs » ou de « dilatation des durées » se sont depuis révélées traduire des incompréhensions flagrantes ou des interprétations douteuses, dont, rétrospectivement, Bergson a toute raison de mettre en cause la « confusion ». Le principe de relativité (lui-même assez mal nommé, comme Einstein en convenait dès cette époque) affirme la symétrie absolue entre deux observateurs en mouvement relatif uniforme. Mais Bergson, à très juste titre, souligne que cette symétrie n'implique en rien l'équivalence entre les perceptions temporelles de l'un quelconque des observateurs et *celles qu'il attribue à l'autre*. Pour chaque observateur, il existe bien une perception privilégiée du temps, la sienne. Ces temps cependant sont équivalents, nous garantit la théorie, et cette équivalence des temps « subjectifs » semble suffisante à Bergson pour confirmer, de façon apparemment paradoxale, il en convient, sa notion d'un temps universel. Certes, Bergson n'a pas été jusqu'à maîtriser la notion-clé (au regard moderne) de « temps propre » d'un observateur qui aurait confirmé son intuition et lui aurait évité quelques réelles « boulettes » (la plus grosse d'entre elles est son refus d'admettre la réalité du « paradoxe des voyageurs de Langevin »).

Mais si *Durée et Simultanéité* contient effectivement des erreurs, on y trouve bien des développements qui, débordant d'ailleurs le cadre des seules discussions de la relativité einsteinienne, méritent une attention particulière. Ne mentionnons que la très pertinente critique que fait Bergson de la fréquente et trop souvent implicite « spatialisation du temps » qu'engendre sa mathématisation formelle. Marie-Antoinette Tonnelat, dans son *Histoire du principe de relativité*, concluait que « dans [le] procès qui l'oppose aux relativistes, sinon à la relativité, le philosophe nous semble mériter ainsi le bénéfice de fortes circonstances atténuantes ». Un jugement en appel de ce livre, sinon maudit, du moins mal lu, devrait valoir à son auteur une relaxe complète, et sans doute une indemnisation intellectuelle pour procès abusif, faute du non-lieu qui aurait dû s'imposer.

Un bouillon sans culture

Il y a de cela quelques années, la presse faisait grand tapage autour de la « mémoire de l'eau », vite devenue l'« affaire Benveniste » du nom de son principal et flamboyant protagoniste. Ce réputé chercheur en immunologie avait cru pouvoir annoncer une découverte révolutionnaire qui aurait bouleversé la physique fondamentale. Il avait en tout cas réussi à déclencher quelque pagaille dans l'institution scientifique et une belle campagne de presse. Il serait dommage de laisser cet épisode sombrer dans l'oubli sans en tirer quelques conclusions que de plus récentes affaires (celles de la « fusion froide », par exemple) n'ont fait que conforter.

Comment donc un groupe de chercheurs professionnels, appartenant à divers laboratoires et organismes scientifiques bon teint, peut-il en arriver à *croire* en la validité de résultats radicalement étrangers à l'ensemble des idées scientifiques contemporaines sur la base d'expériences méthodologiques aussi fragiles ? Entendons-nous bien : il arrive à tous les chercheurs de concevoir des théories révolutionnaires ou de réaliser des expériences extraordinaires – et plus souvent qu'il n'y paraît (qu'il n'*en* paraît...). Mais ces découvertes ne survivent guère en général aux vérifications et contrôles, souvent longs et ardus, qu'il est convenu de s'imposer en de telles occurrences. Ce n'est donc pas le caractère spécieux de leurs résultats qui singularise le travail de Benveniste et de ses collaborateurs, mais la déconcertante naïveté de leur confiance en la validité de ces résultats.

Comment, en effet, ont-ils pu se convaincre qu'un liquide physiquement aussi compliqué que l'eau, dont les propriétés les plus élémentaires sont encore si mal comprises (par exemple l'étrange variation de sa densité avec la température : que la glace flotte reste une énigme !) puisse révéler, par l'entremise d'une expérience immunologique pour le moins indirecte, une propriété physique fondamentale ? La plus banale réflexion épistémologique sur la nature des énoncés scientifiques et le statut de la preuve expérimentale – sans même parler des précautions méthodologiques élémentaires ignorées – aurait dû retenir la plume des auteurs. Mais combien de chercheurs ont-ils lu Mach et Duhem, sans même parler de Popper et Lakatos ?

En tout cas, que l'eau ait ou non une mémoire, la science n'en a guère. Un minimum de connaissances historiques aurait servi de signal de danger en rappelant de douloureux précédents – pour s'en tenir aux seuls problèmes de l'eau et de sa physique. Mais si le spectre de l'« eau polymérisée » a été évoqué ici ou là, qui connaît véritablement la riche et instructive histoire de cet épisode soviéto-américain, vieux d'à peine quelques décennies* ? Et plus rares encore sont ceux qui se souviennent de cas pourtant bien similaires à celui de Benveniste, comme les recherches menées jusqu'en 1972 par le physico-chimiste italien Giorgio Piccardi, directeur d'un « Centre des phénomènes fluctuants » à l'université de Florence**. Un soupçon de culture philoso-

---

* Felix Franks, *Polywater*, Cambridge, MIT Press, 1982 ; voir aussi Marcel-Pierre Gingold, « L'eau dite anormale », *Bull. Soc. chim. France*, n° 5, p. 1629, 1973.
** George B. Kauffman & Mihaly T. Beck, « Self Deception in Science : the Curious Case of Giorgio Piccardi », *Speculations in Science and Technology*, n° 10, p. 113, 1988. Citons la conclusion de ce remarquable travail : « L'aspect le plus énigmatique des publications

phique et littéraire enfin – mais les scientifiques aujourd'hui connaissent-ils seulement le nom de Bachelard ? – aurait conduit l'équipe Benveniste à s'interroger sur la signification symbolique de la « mémoire » attribuée à un liquide aussi chargé de mythes. Imagine-t-on un seul instant d'ailleurs que ces travaux auraient eu le même impact médiatique s'ils avaient été intitulés « Effets de rémanence structurelle dans l'hydrure d'oxygène » ?

Les initiateurs de l'affaire n'ont évidemment pas l'exclusivité de ces défi(s)ciences. La plupart de leurs critiques dans la collectivité les partagent, comme l'a montré le caractère trop souvent à la fois épidermique et ésotérique de leurs réactions qui, à quelques exceptions près, ont eu bien du mal à toucher et à convaincre les profanes, faute, précisément, de prendre en compte toute l'épaisseur culturelle d'un épisode à la fois moins important et plus profond qu'il n'y paraît. On peut voir dans cette affaire une manifestation extrême et pathologique de ce qu'il faut bien oser appeler la déqualification professionnelle des chercheurs. La spécialisation outrancière et l'inflation productiviste de la science contemporaine deviennent aujourd'hui *contre*-productives. La qualité moyenne de la recherche baisse en même temps que croît sa quantité. Le nombre de publications ne garantit plus en rien la valeur d'un travail de recherche : *publish AND perish*, telle est la menace. Le plus grave n'est d'ailleurs pas l'apparition visible des cas, encore rares, où la validité même des travaux scientifiques est sapée, mais

---

sur les tests de Piccardi est que nombre de chercheurs aient expérimenté pendant des décennies en utilisant cette méthode absurde. Il semble que ces chercheurs [...] aient considéré un test chimique, parce que proposé par un professeur de physique-chimie d'une prestigieuse université, comme fondé et n'aient pas résisté à la tentation d'utiliser une méthode aussi rudimentaire. Ce cas met en évidence le danger des recherches interdisciplinaires : s'il n'y a pas un minimum de recouvrement entre la compétence et l'expertise des individus coopérant, ils manquent de tout sens critique mutuel. »

l'accroissement insidieux de ceux dont la pertinence est pour le moins douteuse.

Redonner à la science la connaissance de son passé est désormais la condition d'un développement plus sain. Il semble malheureusement que les milieux scientifiques n'aient guère plus de mémoire que les milieux aqueux.

Un anti-entretien
avec Richard Feynman[*]

Monsieur le Professeur...,
Appelez-moi Dick, comme tout le monde !
... auriez-vous un peu de temps à nous consacrer ?
Toute l'éternité, désormais, et dans les deux sens.
Que voulez-vous dire ?

Eh bien, vous souvenez-vous de ma théorie des positrons ? J'ai montré qu'il était possible, et parfois commode, de les représenter comme des électrons qui remonteraient le cours du temps. Ou, plus généralement, de considérer particules et antiparticules comme identiques – à ceci près que

[*] Richard Feynman est mort en février 1988. Ses derniers mots furent : « *This dying is boring* » (« À mourir, on s'ennuie »). Né en 1918, il a été l'un des plus grands théoriciens de la physique moderne. Prix Nobel en 1965 pour sa contribution à l'électrodynamique quantique, ses apports ont été fondamentaux aussi en physique de la matière condensée. Son style, fait de simplicité formelle et d'intuition conceptuelle, reste unique, et a joué un rôle majeur dans le renouvellement de l'enseignement et de la vulgarisation scientifique. Le présent « entretien » doit beaucoup au livre de Christopher Sykes, *No Ordinary Genius, the Illustrated Richard Feynman*, Norton, 1994. Voir aussi, pour les aspects biographiques, R. Feynman, *Vous voulez rire, Monsieur Feynman ?*, Interéditions, 1985, et J. Gleick, *Le Génial Professeur Feynman*, Odile Jacob, 1994. Ses ouvrages de vulgarisation : R. Feynman, *La Nature de la physique*, Seuil, « Points Sciences », 1980, et *Lumière et Matière*, Seuil, « Points Sciences », 1992.

le temps s'écoule en sens inverse pour les unes et les autres... Ce n'est que dans notre monde macroscopique – *votre* monde maintenant – que le temps a un sens d'écoulement privilégié. Dans l'état virtuel où je me trouve désormais, rien ne m'empêche de me comporter comme mes chers positrons : je peux donc vous donner un anti-entretien, en remontant le temps. Ce sera évidemment plus commode si vous voulez m'interroger sur ma vie passée.

> *Pour passer de la science du temps au temps de la science, il pourrait être intéressant pour vos jeunes collègues de savoir comment vous avez mené votre carrière scientifique et géré votre temps.*

Je ne comprends pas ces mots – « carrière », « gérer »... J'ai toujours choisi de me consacrer à ce qui m'intéressait vraiment. Quand il m'est arrivé de me trouver en panne d'idées ou de moyens, c'est parce que j'avais oublié de respecter ma règle de vie : négliger tout ce qui n'est pas l'essentiel – pour soi-même. J'appelle ça le Principe d'Irresponsabilité Sociale. Il est difficile de s'y tenir, mais c'est possible. En 1965, l'année où j'ai reçu le Nobel, mon ami Vicki Weisskopf m'a mis au défi : « D'ici dix ans, tu feras surtout de l'administration, ce qui veut dire que tu superviseras des gens dont tu ne comprendras plus le travail. » Je l'ai pris au mot, et nous avons parié en bonne et due forme ; en 1975, il a bien dû me payer les dix dollars du pari, car je n'avais pas et n'ai jamais eu ensuite de « poste de responsabilité ».

> *Est-ce cette disponibilité qui vous a permis d'être le pédagogue dont chacun s'accorde à reconnaître le talent ?*

Mais pas du tout : je n'ai aucune idée sur la pédagogie. Je crois même que la meilleure façon d'enseigner est de n'avoir aucune philosophie et de faire un cours aussi chaotique et confus que possible, en utilisant à la fois tous les points de vue possibles. Avoir différents appâts sur plusieurs hameçons, c'est la seule façon pour accrocher cet étudiant, puis cet autre : si celui-ci se passionne quand vous parlez des aspects historiques de votre sujet et redoute le formalisme mathématique, un autre se reposera pendant ce temps et s'excitera quand vous passerez aux équations. Et heureusement que tous n'ont pas les mêmes intérêts – encore faut-il répondre aux attentes de chacun et ne pas uniformiser le style d'enseignement en se pliant à de pseudo-théories pédagogiques.

> *Pourriez-vous nous expliquer simplement les découvertes qui vous ont valu le prix Nobel en 1965 ?*

J'ai essayé plusieurs fois et les lecteurs pourront juger. Mais au fond, je suis sceptique sur les résultats. Comme me l'a dit un jour un chauffeur de taxi qui m'avait vu à la télévision : « Moi, à votre place, tous ces journalistes qui voulaient comprendre votre travail en trois minutes, je leur aurais répondu que si c'était possible, ça ne mériterait sûrement pas le prix Nobel ! »

> *Vous qui avez apporté des contributions majeures à tant de domaines différents de la physique théorique, y a-t-il des problèmes que vous êtes frustré d'avoir laissés sans solution ?*

Non, pas vraiment, car ceux que je n'ai pas résolus, ou bien ne m'intéressaient pas, ou bien étaient et sont encore *vraiment* difficiles. Et je ne suis pas convaincu que le style de travail actuel des physiciens, exagérément techniciste, permette d'apporter des réponses satisfaisantes – à mon goût, tout au moins : mes jeunes collègues font avec virtuosité des calculs sophistiqués, et obtiennent des résultats, certes, mais où sont les idées et les images qui leur permettraient de comprendre vraiment ce qu'ils font ? Au fond, si, quand j'y repense, il y a quand même des problèmes qui continuent à m'agacer – mais ce ne sont pas les « grands » problèmes : par exemple, avez-vous remarqué que lorsque vous laissez tomber des spaghettis (crus !), ils se cassent presque toujours en trois morceaux, et rarement en deux ? Avec mon collègue Danny Hillis, nous avons passé un temps fou à tenter de comprendre pourquoi, sans succès ! Ça, ça m'énerve, parce que *j'aurais dû* y arriver…

> *Est-ce parce que vous vous intéressiez au temps et aux rythmes que vous êtes devenu un excellent batteur, spécialiste du bongo ?*

Mais non ! Que j'aie joué de la batterie ou fait du dessin d'art n'a rien à voir avec la physique théorique. Qu'on en finisse avec cet acharnement à prouver que les scientifiques sont des gens normaux parce qu'ils font aussi de la musique ou de l'art comme tout le monde. La science *est* une activité humaine normale, qu'elle soit ou non liée aux autres activités humaines normales !

> *En tout cas, vous n'avez pas eu le temps de vous ennuyer, et le temps n'a jamais dû vous sembler long ?*

Si, une fois : pendant que je mourais.

L'EXPLORATION SCIENTIFIQUE DÉMOCRATISÉE
POINT DE VUE SCIENTIFIQUE
ISOLEZ VOUS-MÊME VOTRE PROPRE VIRUS
SCIENTIFIC EXPLORATOR TOUR

Dommages

La science entre savoir et pouvoir

> « Et moi, s'écria Liamchine, au lieu d'organiser le paradis terrestre, si je ne savais que faire des neuf dixièmes de l'humanité, je les ferais sauter et ne laisserais en vie qu'une poignée de gens instruits qui se mettraient à vivre paisiblement conformément aux principes scientifiques. »
>
> Fedor M. Dostoïevski, *Les Démons*

Complaintes

La complainte des profanes

Un, deux, trois
Nous perdons la foi

Quatre, cinq, six
Dans une science en crise

Sept, huit, neuf
Nous voulons du neuf

Dix, onze, douze
Ou nous verrons rouge !

La complainte des médias

Un, deux, trois
Nous aimons qu'on croie

Quatre, cinq, six
Dans une science promise

Sept, huit, neuf
Donnez-nous du neuf

Dix, onze, douze
Il faut que ça bouge !

La complainte des marchands

Un, deux, trois
Nous voulons les droits

Quatre, cinq, six
Sur une science soumise

Sept, huit, neuf
Il nous faut du neuf

Dix, onze, douze
Pour nos affaires louches

La complainte des chercheurs

Un, deux, trois
Nous cherchons les lois

Quatre, cinq, six
D'une science précise

Sept, huit, neuf
Vous voulez du neuf ?

Dix, onze, douze
Donnez-nous du flouze !

Entre (in)compétence
et (ir)responsabilité

La France devait-elle vraiment, en 1996, reprendre ses essais nucléaires ?

Oui, nous a dit le président de la République : toutes les autorités scientifiques l'ont confirmé. Entendons, tous les spécialistes de la technologie des armements nucléaires. Ne doutons pas de leurs compétences, mais notons que l'inéluctable confidentialité du nucléaire militaire interdit toute contre-expertise sérieuse, faute des libres discussions qui, dit-on, définissent la recherche scientifique.

Doit-on ajouter la science à la justice, la musique et l'honneur, ces mots que, selon Clemenceau, « l'épithète "militaire" transforme en leurs opposés » ? Mais les arguments scientifiques avancés à l'appui de la critique écologiste des essais nucléaires ne sont guère plus convaincants. Cette symétrique prise en otage de la science menace le débat politique d'une dérive irrationnelle d'autant plus grave qu'elle sera camouflée sous un masque de scientificité.

La responsabilité collective des scientifiques n'en est pas dégagée pour autant. Après tout, ce sont bien les physiciens « civils » qui ont inventé l'arme nucléaire, l'ont calculée, expérimentée, dans les années 1940 à Los Alamos, puis en URSS – et en France. Bien peu avaient perçu les implications politiques autant que techniques de cette « belle expérience », comme disait l'un d'eux, et non des moindres,

Enrico Fermi. Même un savant aussi engagé dans la défense de la paix et de la démocratie que Paul Langevin réagit avec une consternante euphorie à l'annonce de l'explosion d'une bombe nucléaire sur Hiroshima, y voyant l'annonce pour l'humanité d'un avenir plus radieux que radioactif.

Nucléaire, biotechnologies, environnement, les problèmes désormais sont d'une complexité qui dépasse très largement l'expertise spécialisée : nous devons en définitive nous prononcer en (relative) méconnaissance de cause. Le meilleur service que peuvent rendre aujourd'hui les chercheurs à la démocratie n'est-il pas alors d'assumer et d'énoncer les limites de leurs compétences, afin de renvoyer le débat à la sphère du politique et la responsabilité aux citoyens ? Plutôt que de déplorer ces limites du savoir expert, il faut nous en réjouir. Car une connaissance à la fois certaine et réservée à une minorité de spécialistes conduirait bien vite à une situation où seraient respectées les apparences seulement de la décision populaire, cependant que les choix réels seraient opérés par les experts compétents. Mais les limites de cette compétence privent heureusement de toute validité cette menaçante forme neuve de despotisme éclairé, la démocratie éteinte.

Ah, les vaches !

Tout augmente, dit-on. En tout cas, pas la valeur de la science... On sait les difficultés considérables régulièrement rencontrées par la plupart des laboratoires du CNRS (Centre national de la recherche scientifique), qui doivent faire face à de draconiennes mesures de régulation budgétaire. Mais les chercheurs auraient tort de croire qu'il ne s'agit que de difficultés conjoncturelles liées à des politiques de restriction momentanées. C'est une tendance générale à la stagnation et même à la régression que montrent désormais tous les budgets scientifiques des pays développés, Japon compris.

Les disciplines fondamentales ne sont pas seules concernées, ni la recherche publique en général. Rien ne le démontre mieux que l'extension du phénomène aux secteurs industriels les plus dynamiques et les plus prospères. Ainsi IBM, qui affectait à la recherche plus de 10 % de son chiffre d'affaires au début des années 1990, ne lui en a plus consacré que 5,8 % en 1995. En chiffres absolus, de 1994 à 1995, le budget de recherche de la firme a diminué de 4,4 % bien que, sur la même année, ses profits aient doublé !

Au demeurant, la valeur symbolique de la science ne se porte guère mieux que sa valeur économique. Signes des temps : en 1996, le fameux manuscrit autographe d'Einstein, qui contenait, dit-on, l'une des premières occurrences de la formule magique (« eu égale emme cé-deux »), n'a pas trouvé preneur lors d'une vente aux enchères chez Sotheby's, et le musée Edison, dans la maison natale du grand inventeur, en Ohio, a failli fermer ses portes, faute de pouvoir payer sa facture d'électricité, ce qui est un comble...

C'est une ère véritablement nouvelle dans laquelle entre la recherche scientifique qui, après des décennies d'expansion, va certainement devoir travailler à ressources au mieux constantes. Fini le temps où la société était la vache à lait de la science et celle-ci la vache sacrée de celle-là. Non seulement les chercheurs ont à s'occuper des vaches folles, mais ils vont encore devoir manger de la vache enragée.

Aléas

Depuis le siècle dernier, notre société s'est accoutumée à voir en la science un guide fiable pour l'action. Une fois les objectifs politiques ou économiques fixés, on croyait pouvoir trouver, grâce à la recherche scientifique, des moyens sûrs pour les atteindre. Mais voici que la complexité croissante des situations auxquelles nous sommes confrontés ébranle cette belle confiance. Ne considérons que quelques exemples liés à un objectif évident : la préservation de notre environnement.

L'énergie nucléaire qui, à cause des risques radioactifs, faisait si peur il y a encore quelques années, surtout après Tchernobyl, apparaît maintenant comme l'un de nos recours les plus sûrs contre l'effet de serre provoqué par les rejets de gaz carbonique dus à l'utilisation des combustibles fossiles comme principale source d'énergie dans le monde. Mais ces rejets eux-mêmes ont des conséquences bien difficiles à évaluer. La masse de gaz carbonique produite par les activités humaines est plus de deux fois supérieure à la quantité qui se retrouve effectivement dans l'atmosphère, preuve d'une forte absorption encore mal connue. Il semble bien, en fait, que l'augmentation du taux de gaz carbonique ait un effet stimulant sur la croissance végétale qui en fixerait alors une bonne partie. Dès lors, le réchauffement serait bien moindre que redouté, et l'on verrait même une extension des forêts et un accroissement des récoltes – résultats hautement bénéfiques.

Encore un exemple, plus ponctuel, mais qui ne manque pas de sel... Le détournement par l'URSS des fleuves de l'Asie centrale à des fins d'irrigation avait conduit à un sérieux rétrécissement de la mer d'Aral et à une extension des zones désertiques. Cependant, les poussières salées de ces zones, emportées par le vent, semblent pouvoir servir de noyaux de condensation à la vapeur d'eau, de sorte qu'en définitive la pluviosité pourrait bien s'accroître dans la région, la rendant finalement plus fertile.

Ces incertitudes, on le notera, ne portent pas sur l'importance de tel ou tel effet, mais sur leur nature même. Comment agir dès lors ? Nombreux sont ceux qui appellent de leurs vœux une doctrine nouvelle de l'action en situation d'incertitude. Certes, nous n'avons guère de théorie en la matière. Mais la pratique, après tout, n'est-elle pas celle-là même de notre quotidien le plus ordinaire ? Notre vie domestique ne comporte-t-elle pas une grande part d'aléas ? Pourquoi voudrions-nous que le sort du genre humain soit moins incertain que celui de ses individus ?

Qui contrôlera
les contrôles ?

On ne peut douter des progrès considérables que les systèmes de soin modernes ont apportés à la santé humaine, au moins dans nos pays. Mais cette amélioration globale se paie aujourd'hui de fortes dégradations locales. Une fraction désormais non négligeable des hospitalisés (on parle d'environ 10 %) contractent à l'hôpital des maladies nouvelles, sans rapport avec leurs troubles initiaux. Il ne suffit pas de dénommer savamment « pathologies iatrogènes » ces retournements du système de santé contre lui-même pour les camoufler, et encore moins pour y porter remède.

Mais voici que des dérèglements analogues affectent la technique. Peut-être par contagion de l'humain au machinique, c'est dans un hôpital qu'est survenu un pittoresque incident. À peine inauguré, flambant neuf, l'hôpital de l'Archet à Nice fut pendant une demi-heure victime d'une panne de courant, suite à un violent orage. Or le réseau électrique n'avait, lui, connu qu'une coupure de moins d'une minute. Laissons la parole au directeur général de l'hôpital : « Le courant est revenu tellement vite que les appareils de secours n'ont pas saisi le message et se sont arrêtés. […] La coupure d'EDF, finalement, a été trop brève. »

C'est pour des raisons tout à fait comparables que le premier lancement d'*Ariane 5* a connu un échec cinglant : la fusée s'est parfaitement comportée, jusqu'à ce qu'un dispositif de contrôle hérité d'*Ariane 4* et réglé pour réagir à certaines valeurs des paramètres de vol trop élevées pour cette machine, mais parfaitement normales pour sa cadette *Ariane 5*, interprète à tort comme anormaux les signaux reçus et déclenche des manœuvres aberrantes, conduisant à la catastrophe.

On peut sans crainte parier que vont se multiplier ces pannes d'un type nouveau, dues, non au système, mais à ses dispositifs de contrôle. On pressent la réaction des techniciens : « Yaka » installer un dispositif de contrôle du dispositif de contrôle…

Et ainsi de suite ?

Du laboratoire
au prétoire

Après la politique et l'industrie, c'est au tour de la science d'avoir maille à partir avec la justice. Pendant longtemps, les scientifiques ne venaient à la barre que comme experts, les voilà maintenant au rang des plaignants ou des accusés. Quelques événements récents en témoignent, choisis parmi d'autres pour leur caractère symbolique.

En 1991, le grand quotidien italien *La Repubblica* publiait une recension par le journaliste G. M. Pace d'un livre de A. Kohn, *False Prophets*, vigoureuse critique des recherches sur la « fusion froide ». Les physiciens S. Pons, M. Fleischmann (deux des principaux apôtres de cette hérésie) et quelques collègues italiens poursuivirent devant les tribunaux le journaliste (mais pas l'auteur du livre – un collègue trop reconnu…), en réclamant 8 milliards de lires (près de 4 millions d'euros) pour diffamation. Ils ont heureusement été déboutés et condamnés à payer les frais de justice.

Au printemps 1996, un chercheur japonais de l'université de Californie, Tsuno Saitoh, a été exécuté de sang-froid par balles à la sortie de son laboratoire à San Diego. Il travaillait sur la maladie d'Alzheimer, domaine où sont fort prometteuses les perspectives du marché pharmaceutique ; son assassinat semble bien être lié à la lutte sans merci que se livrent en Californie certaines équipes scientifiques liées à des firmes de biotechnologie rivales, véritable guerre des laboratoires, qui se traduit couramment par des vols de cahiers d'expériences et autres manœuvres d'espionnage.

Un ingénieur américain, Valery Fabrikant, est en prison depuis 1992 pour le meurtre de quatre collègues. Il n'a pas cessé pour autant de faire de la recherche et a envoyé, depuis sa cellule, un article de physique des matériaux, de fort bonne qualité, à une revue réputée, l'*International Journal of Solids & Structures*. Publié en janvier 1996, cet article a déclenché un violent conflit entre ceux des chercheurs qui estiment qu'un scientifique criminel perd, avec sa liberté, ses droits académiques, et ceux qui pensent que, son travail scientifique n'ayant rien à voir avec ses méfaits, il n'y a aucune raison de l'empêcher de publier.

La science s'est toujours targuée de s'incliner devant le tribunal des faits, la voilà aux prises avec celui des faits divers. Et désormais, quand on dira d'un résultat scientifique qu'il est juste, il faudra préciser si c'est au sens de la justesse ou à celui de la justice.

Des vessies
pour lanternes

Il est *possible* que manger de la vache folle vous communique la maladie de Creutzfeldt-Jakob; la probabilité globale d'une telle contamination est de l'ordre d'une (mal)chance sur un million. La consommation de viande bovine a brutalement et fortement chuté en France lorsque cette information a été rendue publique. Il est *certain* que circuler en voiture vous expose au risque d'une collision mortelle; la probabilité d'un tel accident pendant votre vie est de l'ordre de un pour mille. Ni les achats de voitures, ni leur taux d'utilisation, n'ont diminué depuis que ces faits sont connus – des décennies.

Constater cette considérable dissymétrie entre l'indifférente acceptation de nombreux risques réels et le violent refus de quelques risques potentiels est devenu banal. C'est en général le prétexte à une paternaliste déploration quant au faible niveau de culture scientifique du commun et à l'irrationalité de ses conduites. Mais la difficulté à gérer rationnellement des situations incertaines et d'abord à évaluer correctement les risques encourus est tout aussi grande chez les experts. On sait, depuis les études pionnières de Tversky et Kahnemann, que l'idée de probabilité échappe à la maîtrise intuitive de ses spécialistes eux-mêmes*. Les

* A. Tversky et D. Kahnemann, « Judgment under Uncertainty »,

bourdes ou fautes commises sans relâche par les chercheurs en ce domaine en témoignent expérimentalement.

Il faut aller plus loin. Un contrôle collectif rationnel des attitudes sociales fondé sur une évaluation correcte des risques serait sans doute plus raisonnable à court terme. Mais la surestimation de certaines probabilités opère aussi bien du côté négatif (risques) que du côté positif (chances). À évaluer froidement à l'avance les possibilités de réussite de telle idée scientifique comme de telle innovation technique, voire de telle proposition politique ou de telle création artistique, peu d'entre elles verraient le jour... C'est avec la même ingénuité naïve que l'un se refusera à manger du bœuf et que l'autre se consacrera à la recherche scientifique, surestimant dans les deux cas la portée du geste, ce qui fait la grandeur même et parfois l'efficacité du second. Tant il est vrai que certaines vessies, à force d'être prises pour des lanternes, peuvent finir par donner quelques lumières.

Science, n° 185, 1974, p. 1124-1131 ; « The Framing of Decisions and the Psychology of Choice », *Science*, n° 211, 1981, p. 453-458.

Une science hors de prix ?

Il y a un peu plus d'un siècle, dans son testament, Alfred Nobel créait « ses » prix, annuellement « attribués à ceux qui auront rendu les plus grands services à l'humanité ». On ne se demandera pas ici si les prix Nobel de la paix ou de littérature ont bien été fidèles aux intentions de leur créateur. Le doute est en tout cas légitime dans le domaine des sciences. Pour s'en tenir à la physique, force est de constater que le prix est surtout allé à des découvertes fondamentales dont les bienfaits concrets pour l'humanité restent pour le moins incertains – à de rares exceptions près, comme Wilhelm Röntgen pour les rayons X (le premier prix, en 1901) ou Gustaf Dalén pour un système automatique de phares et balises (1912).

On peut toujours croire que nombre de recherches, aujourd'hui sans applications, finiront par en trouver. Mais c'est là une pétition de principe, et la surabondance comme l'ésotérisme de la plupart des avancées scientifiques modernes ne peuvent raisonnablement laisser espérer de débouchés pratiques que pour une très faible part d'entre elles. Au surplus, l'expérience laisse à penser que ces applications potentielles risquent de se révéler au moins aussi lourdes de méfaits que de bienfaits. Nobel fonda ses prix avec les revenus de ses usines de dynamite, et c'est bien la pleine conscience des usages destructeurs de ses inventions, qui l'amena à privilégier les « plus grands services » rendus à l'humanité par la science*. Mais comment garantir l'orientation bénéfique des recherches récompensées ? Fermi reçut le prix de physique en 1938 pour ses contributions à la physique nucléaire, sept ans avant Hiroshima**, et Rotblat le prix de la paix en 1995, pour sa lutte contre l'armement nucléaire... Quelle meilleure illustration de cette ambivalence constitutive de la science ?

Nous savons maintenant que la science est plausiblement nécessaire au progrès, mais certainement insuffisante. La capacité de la recherche scientifique à rendre de « grands services à l'humanité » dépend désormais moins du contenu des découvertes que de leur contexte social et politique. Ne faudrait-il donc pas honorer ceux qui, en amont des scientifiques, leur permettent de mener des recherches utiles ou les empêchent d'en faire de nocives ? À quand le prix Nobel de médecine pour un député qui aura obtenu la création d'une agence de santé environnementale ou pour une association protestataire qui aura bloqué l'utilisation des OGM ?

---

* Peut-être vaut-il la peine de noter ici que le prix Nobel de médecine 1998 a récompensé des travaux sur le rôle physiologique des radicaux NO. Ce rôle explique pourquoi la nitroglycérine est un puissant médicament contre l'angine de poitrine ! Nobel, qui souffrait du cœur, refusa ce traitement...

** Le grand physicien Enrico Fermi n'a pas seulement contribué de façon essentielle au développement de la physique nucléaire fondamentale. Enrôlé dans le projet Manhattan de construction des premières armes nucléaires pendant la Seconde Guerre mondiale, il y joua un rôle majeur. Lors des débats qui, à Los Alamos en 1944, agitèrent la communauté des physiciens sur la nécessité d'achever la construction de la bombe A et l'opportunité de son usage, il aurait répondu aux adversaires de la poursuite du projet : « Pourtant, quelle belle expérience ! »

Science Inc.

On avait déjà compris que la science était une SARL (société à responsabilité limitée), voici qu'elle devient maintenant une société anonyme.

Galilée a découvert les satellites de Jupiter, Newton la gravitation universelle, Pasteur les microbes, Mendel les lois de l'hérédité et Einstein la relativité. Mais quels sont les noms des pionniers de la science contemporaine ? Un récent numéro de *Nature* publiait le séquençage du génome d'*Arabidopsis thaliana*, grande première pour une plante supérieure. Étrangement, les auteurs ne figurent pas dans la table des matières de la revue, ni même au début de l'article, mais seulement dans une longue liste en annexe. C'est que cette publication est l'œuvre d'un collectif rassemblant 7 sous-groupes différents, états-uniens, japonais et européens ; il totalise 109 chercheurs principaux appartenant à 28 laboratoires, auxquels s'ajoutent 39 autres contributeurs. On croirait lire le générique à rallonge d'un film à grand spectacle.

En physique des particules, voici des années déjà que les recherches menées auprès des accélérateurs géants sont menées par des équipes non moins géantes : si Carlo Rubbia reçut le prix Nobel pour la mise en évidence des bosons intermédiaires, dans l'article qui annonçait ce résultat, son nom était entouré de plusieurs *centaines* d'autres. Autant dire que l'attribution d'une découverte à un individu devient de plus en plus problématique. Sans doute les chercheurs eux-mêmes devront-ils bientôt reconnaître la dimension collective de leur travail jusqu'à accepter leur anonymat : pourquoi les articles scientifiques, dont l'immense majorité apporte (au mieux) une infime contribution au savoir, seraient-ils plus individualisés que les objets techniques ? De même qu'une voiture porte le nom, Renault ou Chrysler, de l'entreprise de production, de même il est vraisemblable que, industrialisation de la recherche aidant, les articles de génétique bientôt ne seront plus signés que du nom de firmes privées, Celera ou Glaxo.

Faut-il déplorer la disparition du savant à l'ancienne et de la mythologie du génie solitaire ? Après tout, les hommes d'exception sont souvent destructeurs autant que créateurs, et l'héroïsme, scientifique comme militaire, est aussi redoutable qu'admirable. À l'heure du principe de précaution, les audaces des conquérants de la science sont-elles souhaitables ? Ne serait-il pas plus prudent de vivre dans un monde sans géants ? Dans sa *Vie de Galilée*, Brecht met en scène un affrontement entre Galilée, qui, sous la pression de l'Inquisition, vient d'abjurer l'héliocentrisme, et ses disciples qui comptaient sur la résistance de leur maître. L'un d'eux le prend à partie et s'écrie : « Malheur au pays qui n'a pas de héros ! », à quoi Galilée répond avec une amère raison : « Malheur au pays qui a besoin de héros ! »

On s'aime à tout vent

Parler à quelqu'un, c'est s'adresser, de la voix et du regard, à cette personne. Seuls les prédicateurs ou les politiciens parlent à la cantonade. Les techniques de communication successivement développées par l'ingéniosité humaine avaient jusqu'ici respecté cette directivité et cette singularité du message : un courrier n'arrive qu'à son seul destinataire, et un appel téléphonique classique était transmis le long d'un unique cheminement électrique allant de l'appelant à l'appelé.

Mais tout est changé. Depuis qu'antennes et ondes ont remplacé câbles et courants, les relais hertziens et plus encore les satellites expédient tous azimuts les messages qu'ils transmettent. Vos plus intimes paroles, transformées en vibrations électromagnétiques, se retrouvent diffusées dans un gigantesque volume d'éther – bien au-delà de la stratosphère terrestre si elles transitent *via* un satellite relais. Vos déclarations d'amour font vibrer les électrons de tous les atomes de l'atmosphère et touchent tous les récepteurs, même si en fin de compte elles ne sont sélectionnées et retransformées en mots doux que pour la seule et tendre oreille à qui vous les destinez.

La multiplication des téléphones portables amplifie encore ce mode de communication où ce n'est plus l'émetteur qui oriente le message vers son seul destinataire, mais le destinataire qui repère le message le concernant parmi la multitude de ceux qui l'atteignent. Comme si, dans une foule, chacun s'égosillait à tue-tête pour qu'un seul finisse par l'entendre. Il est assez comique d'imaginer le brouhaha électromagnétique de tous ces signaux – ordres boursiers, nouvelles familiales, dépêches politiques, etc. – qui coexistent et s'entrecroisent sur le vaste forum planétaire.

Ainsi donc, les techniques de télécommunication les plus modernes retrouvent-elles les plus primitives. Car c'est sur le même mode que fonctionnent les communications chimiques, entre insectes par exemple : la femelle du papillon émet à tout vent des milliards d'enivrantes molécules dont l'une, peut-être, sera captée par un mâle séduit.

Lois de la nature,
lois du marché

Les chaussures de sport qui sont devenues, avec les jeans, l'uniforme de la jeunesse occidentale sont pour l'essentiel fabriquées en Extrême-Orient. Le prix de revient d'une paire, payé par Nike aux ouvriers chinois ou indonésiens, est d'environ 3 % de son prix de revente dans nos magasins. La même firme, en 1997, a employé environ 1 milliard de dollars pour sa publicité, soit 10 % de son chiffre d'affaires. En d'autres termes, elle dépense beaucoup plus pour vendre ses produits que pour les fabriquer. Pour qui penserait que ce cas est particulier, encore quelques chiffres : le prix de revient à la production de l'ensemble de la nourriture consommée aux États-Unis en 1996 était de 126 milliards de dollars ; son marketing en a coûté 421 milliards*... Est-ce bien raisonnable ?

Certes, la technoscience a permis d'améliorer les conditions de vie de l'humanité – enfin, d'une fraction (limitée) de l'humanité. Mais, même pour ces privilégiés de la santé et du confort que nous sommes, le contraste est toujours plus grand entre ce que l'on pourrait faire des savoirs et savoir-faire modernes et ce à quoi ils servent vraiment. Sans même parler des retombées pernicieuses des innovations

---

* Ces données sont empruntées, comme les précédentes, à l'excellente publication *World Watch*, mars-avril 1998.

technologiques, ne doit-on pas prendre acte de leur rendement social relativement faible ? Des maladies que la médecine sait soigner, et que l'on avait cru pouvoir considérer comme éradiquées, telle la tuberculose, font un retour menaçant. D'admirables inventions (en électronique par exemple) servent essentiellement à développer le commerce de divertissements dérisoires. Les lois du marché l'emportent sur celles de la nature.

Car nous n'avons pas trop de savoir – nous en manquons : « Plus nous arrachons de choses à la nature grâce à l'organisation du travail, aux grandes découvertes et inventions, plus nous tombons, semble-t-il, dans l'insécurité de l'existence. Ce n'est pas nous qui dominons les choses, mais les choses qui nous dominent. Or cette apparence subsiste parce que certains hommes, par l'intermédiaire des choses, dominent d'autres hommes. Nous ne serons libérés des puissances naturelles que lorsque nous serons libérés de la violence des hommes. Si nous voulons profiter en tant qu'hommes de notre connaissance de la nature, il nous faut ajouter, à notre connaissance de la nature, la connaissance de la société humaine. » Ainsi écrivait, en 1937 déjà, Bertolt Brecht, dont cette chronique est une modeste contribution, en cette année 1998, à la célébration du centenaire de la naissance.

Le rickshaw
et le Taj Mahal

En Inde, le département de la Science et de la Technologie a rendu public un rapport sur les effets paradoxaux de la modernisation technique quant aux conditions de vie quotidiennes.

En 1988, la municipalité de New Delhi imagina de faire d'une pierre deux coups, et de régler le problème de l'évacuation des centaines de tonnes d'ordures quotidiennes en les brûlant dans un incinérateur capable de fournir 4 MW d'électricité. C'était compter sans les milliers de malheureux qui vivent de ces montagnes de déchets et y récupèrent bois, papier, plastique et chiffons, n'y laissant que des débris organiques pourrissants et incombustibles. L'usine ferma en 1992 sans avoir produit un seul kilowattheure.

L'adduction d'eau au Rajasthan, censée économiser la peine des jeunes filles obligées d'aller chercher l'eau aux fontaines souvent distantes, a été freinée et souvent sabotée par ses principales bénéficiaires prétendues : alors que la corvée d'eau leur permettait au moins d'échapper au regard maternel et de rencontrer régulièrement leurs galants sur le chemin, l'eau courante à domicile renforçait le contrôle familial.

Les « rickshaws », ces taxis à pédales, constituent le principal moyen de transport urbain en Inde. Pour alléger la peine de leurs conducteurs, on a tenté d'introduire des tricycles motorisés – sans aucun succès, les exigences d'entretien de la mécanique et les difficultés d'obtention des permis de conduire s'étant révélées dissuasives. Au surplus, les véhicules étant loués, leurs propriétaires ne virent aucune raison d'investir quelques dizaines de dollars sur chacun, une main-d'œuvre prête à tous les efforts physiques ne faisant guère défaut.

Une sérieuse amélioration des métiers à tisser manuels, grâce à un volant d'inertie permettant une économie de forces et un gain de productivité de 60 %, n'a pu se généraliser, le coût de la machine, soit un peu plus de 300 euros, la laissant hors de portée de la plupart des tisserands.

Finalement, l'effet le plus visible de la modernisation industrielle en Inde est sans doute le jaunissement des marbres du Taj Mahal, autrefois immaculés, mais désormais rongés par le dioxyde de soufre émis par les fonderies voisines d'Agra. Le remplacement du charbon polluant par le gaz naturel plus propre se heurte à l'impossibilité de toute fraude fiscale, puisque le gaz, contrairement au charbon, est fourni par l'État et donc mesuré et taxé.

Sans doute y a-t-il un rapport entre le développement technique et le progrès social. Mais, à l'inverse des idées reçues, c'est le second qui permet le premier…

Spéculations

X : Enfin l'école va apprendre à nos enfants les bases de la spéculation !

Y : Oui, il n'est que temps qu'ils trouvent un réel intérêt à leurs études…

X : Il faut que leurs actions soient valorisées.

Y : … Que leur travail les enrichisse.

X : Et que leurs obligations leur apportent une vraie gratification.

Y : Pourtant, il me semblait que les réformes en cours allaient plutôt en sens inverse.

X : Que voulez-vous dire ?

Y : Eh bien, quand on dévalue le rôle de la démonstration dans l'enseignement des mathématiques et celui de la dissertation dans l'enseignement du français, on ne peut pas prétendre en même temps favoriser l'esprit réflexif et critique.

X : Mais qui vous parle de ça ?

Y : Ne discutions-nous pas de la nécessité de développer les capacités de spéculation intellectuelle des enfants ?

X : Il y a maldonne, je parlais de spéculation financière ! Et quand nous évoquions richesse, intérêt, actions, obligations, etc., il ne s'agissait que de termes économiques…

Y : Et moi qui les entendais dans leurs sens abstrait et moral !

X : D'ailleurs, comment se fait-il que ce mot, « spéculation », ait deux sens aussi différents ?

Y : À l'origine, le mot latin *speculum*, « miroir ». Il va donner le verbe *speculare*, d'où en français médiéval savant « spéculer », pour « observer », surtout les astres, puis, dans le vocabulaire philosophique « considérer en esprit, réfléchir ».

X : Ah, je vois, et les financiers vont s'emparer du mot, pour désigner cette activité hautement théorique aussi que constituent l'analyse des gains possibles sur le marché et la stratégie boursière !

Y : Mais oui, le sens du mot « spéculation », en conformité avec son étymologie, tend un fidèle miroir à notre société. Mais revenons à l'école : que vient y faire la Bourse ?

X : Une grande banque propose aux élèves un concours de gestion financière à partir d'un portefeuille boursier virtuel. Les meilleurs gagneront un voyage à Wall Street – et un vrai portefeuille.

Y : C'est évidemment plus *intéressant* que le Concours général de philosophie ou de mathématiques.

X : Votre ironie est peut-être un peu rapide. Savez-vous que voici juste cent ans, en 1900, était soutenue en Sorbonne une thèse de mathématiques intitulée « Théorie de la spéculation » sous la direction – excusez du peu – de Henri Poincaré ? Son auteur, Louis Bachelier, est aujourd'hui considéré comme le père fondateur de la mathématique financière, et un important colloque vient de célébrer son œuvre.

Y : Soit, mais n'oubliez pas ce que le même Bachelier écrivait en 1912 dans son ouvrage *Calcul des probabilités* : « Pour devenir très riche, il faut être favorisé par des concours de circonstances extraordinaires et par des hasards constamment heureux. Jamais un homme n'est devenu très riche par sa valeur. »

X : Mais par *ses* valeurs, si !

La souris et le mammouth

« Introduire la culture informatique à l'école », « développer l'accès aux nouvelles technologies dans le système éducatif », etc. Depuis quelques années, ces objectifs sont régulièrement proclamés par les nouveaux cornacs du « mammouth » de l'Éducation nationale lors de leur arrivée aux responsabilités. Ces belles intentions butent le plus souvent sur la question des moyens financiers nécessaires à l'équipement informatique des écoles – et plus encore au fonctionnement de ce matériel : pour faire accéder une classe à l'Internet, l'acquisition de l'ordinateur ne suffit pas, il faut encore pouvoir payer les communications et la maintenance ! À supposer pourtant que cette fois l'intendance suive, reste la question de l'utilité réelle d'un tel projet.

Jadis, certes, les techniques essentielles requéraient une véritable culture, longue à acquérir – que l'on pense au travail paysan ou à l'artisanat ; mais les NTIC (ce sigle des « nouvelles technologies de l'information et de la communication » dit assez la médiocrité de ce qu'il recouvre !) ont justement pour caractéristique d'être désormais d'accès immédiat ou presque. Puisque les objets techniques modernes sont d'abord des objets de consommation avant d'être des outils de production, il a bien fallu les rendre utilisables sans apprentissage spécifique. Quiconque a assis pour la première fois un enfant de trois ans devant un ordinateur ne peut que constater avec quelle vitesse s'acquiert l'usage de la souris et se maîtrise la navigation sur l'écran. Pourquoi donc solliciter l'école pour enseigner des gestes aussi simples ? Personne n'a d'ailleurs songé, dans un passé encore proche, à la charger d'apprentissages techniques pourtant essentiels, comme celui de la conduite automobile !

Le défi des NTIC n'est pas tant celui de la formation technique (« comment faire ? ») que celui de la maîtrise sociale (« pour quoi faire ? »). Du coup, l'école pourrait trouver là un rôle fondamental : explorer l'Internet en classe, ce serait une excellente façon de le démystifier, de montrer qu'on n'y trouve pas les merveilles annoncées, qu'il ne résoudra pas les problèmes de l'accès au travail ni à la culture. Réfléchir sur les enjeux réels des NTIC, apprendre qu'il ne faut pas se fier aux promesses des marchands et des publicitaires, imaginer peut-être des usages neufs et collectifs, voilà qui permettrait à l'école d'assumer, de façon moderne, sa fonction émancipatrice. Ne lui revient-il pas de former, plutôt que le consommateur, et avant le travailleur, le *citoyen* ? Il n'y aura pas de nouvelle culture technologique sans une nouvelle éducation civique.

Nature de la science

La revue hebdomadaire *Nature*, publiée à Londres, est l'une des plus prestigieuses publications scientifiques. On y trouve à la fois des informations et des commentaires sur l'actualité scientifique, des articles de synthèse et des communications originales sur des résultats de recherche nouveaux. Mais ces textes ne constituent pas la moitié du volume de la revue. Dans le numéro 6879, daté du 28 mars 2002, on trouve ainsi 107 pages de contenu proprement scientifique. Y sont libéralement parsemées 57 pages de publicités diverses. Il s'agit essentiellement de matériel de laboratoire, appareils, réactifs et logiciels, surtout destinés aux sciences de la vie, fabriqués par des firmes aux noms aussi variés et inventifs que Qiagen, Invitrogen, Stratagene, Novagen, Ciphergen et Resgen, ou Biosciences, BioLabs et Biosource. S'y ajoutent encore 55 pages d'annonces de recrutements professionnels pour chercheurs. La plupart des pages de *Nature* sont donc payantes – et servent évidemment à assurer la rentabilité économique de la revue, que les abonnements des institutions scientifiques ne suffisent manifestement pas à garantir. Car *Nature* est d'abord une entreprise commerciale qui appartient à l'éditeur Macmillan, contrairement à des revues plus spécialisées éditées par des sociétés académiques professionnelles (comme *Physical Review*, propriété de l'American Physical Society).

Cette privatisation de la publication vient nous rappeler que les rapports entre la science et le commerce sont plus serrés encore qu'on ne le pense en général. L'activité scientifique alimente le marché en processus et en produits, mais elle constitue d'abord elle-même un marché, et des plus juteux, pour un certain nombre d'entreprises. Cela est évidemment vrai de la *Big Science*, où accélérateurs de particules, stations spatiales, grands télescopes et maintenant programmes de bio-ingénierie et de thérapies géniques sont des clients souvent captifs des firmes de l'électronique, de l'informatique, de la mécanique de précision. Mais c'est également vrai des laboratoires d'échelle plus modeste, dans les divers domaines de la physique, de la chimie, de la biologie que des entreprises spécialisées fournissent en matériel expérimental, instruments de mesure, réactifs et ordinateurs. Ce n'est donc pas seulement par son aval que la recherche scientifique est couplée au système économique, mais déjà par son amont.

Autant dire que la prétention ancienne de la science à contribuer au progrès et à l'émancipation de l'humanité de ses entraves se heurte aujourd'hui à la loi du profit sous laquelle elle se trouve elle-même contrainte. Qui a dit que la science était « neutre » ?

Mettre la technique
à la raison

Pendant les milliers d'années passées, nos ancêtres se sont heurtés aux limites de leurs instruments : les silex ne coupaient pas assez bien, les arcs ne tiraient pas assez loin, les chariots ne roulaient pas assez vite, les cheminées ne tenaient pas assez chaud. Du coup, chaque outil, chaque machine, était utilisé au plein de ses capacités – toujours insuffisantes. Et ce manque permanent a longtemps été le moteur essentiel de l'invention technique.

Notre siècle a tout changé. Pour la première fois dans l'histoire de l'humanité sont disponibles en masse des objets techniques surpuissants, dont nous sommes bien en peine d'utiliser toutes les potentialités. Les voitures de série peuvent rouler à 180 à l'heure – mais n'ont pas le droit de dépasser le 130 ; les chaînes hi-fi banales offrent des dizaines de watts – mais les tailles réduites des appartements et l'écoute distraite fixent le potentiomètre au début de sa course ; les appareils photo reflex permettent des prises de vue ultrarapides et des angles acrobatiques – mais ne servent en moyenne qu'à prendre chaque année quelques clichés des enfants sur la plage ; les logiciels de nos ordinateurs personnels ont des fonctionnalités dont nous n'utilisons pas le quart – à commencer par les traitements de texte.

Cette impression d'*impuissance* que nous sommes nombreux à ressentir devant la technique, ne serait-elle pas due largement à la *surpuissance* inutile de ses objets ? C'est que la logique de l'offre marchande l'emporte désormais sur celle de la demande sociale. La vraie « réalité virtuelle » de notre monde, la voilà peut-être : celle d'une technique de plus en plus abstraite, faute de répondre à de véritables besoins. Déjà certaines firmes comprennent la leçon : ainsi l'aspirateur que je viens d'acheter ne comprend-il plus, au lieu du variateur électronique et autres réglages subtils à multiples voyants, qu'un simple interrupteur (« De toute façon, vous n'y touchez jamais, à tous ces boutons... », me dit le vendeur). Et mon prochain lave-vaisselle n'aura plus que deux ou trois programmes au lieu d'une bonne douzaine aujourd'hui.

Les « décideurs » se sont longtemps inquiétés de la faible fréquentation de l'Internet par les Français, comme de leur manque initial de passion pour le téléphone portable : n'allions-nous pas, par frilosité, rater notre entrée sur le vaste forum mondial de la communication ? Mais peut-être, plutôt qu'un retard de fin de siècle, cette réserve prudente et justifiée traduisait-elle une avance pour le prochain : le XXIe siècle, souhaitons-le, verra la technique mise à la raison.

À notre santé

Une bonne et une mauvaise nouvelle...

La mauvaise d'abord. D'après une étude du Comité intergouvernemental sur les changements climatiques (IPCC), le réchauffement, désormais à peu près avéré, de notre planète (pour cause d'effet de serre) pourrait conduire le paludisme et autres maladies actuellement tropicales (fièvre jaune, parasitoses diverses) à sévir sous nos latitudes. Il suffirait d'un réchauffement plausible de 2,5 °C d'ici à un siècle pour permettre aux moustiques de se multiplier allègrement chez nous, et avec eux les parasites vecteurs de la schisostomiase et d'autres maladies aussi effrayantes que leurs noms.

La bonne ensuite. L'ulcère de l'estomac, maladie rarement mortelle, mais des plus pénibles et des plus répandues (80 000 nouveaux cas par an en France, à peu près vingt fois plus que le sida), serait finalement une maladie essentiellement infectieuse, due à un germe longtemps méconnu, *Helicobacter pylori*. Et une cure d'une semaine d'antibiotiques semble en mesure de guérir la maladie... Il n'a guère fallu qu'un siècle à la médecine officielle pour prendre au sérieux certaines observations anatomopathologiques et vingt-cinq ans pour accepter les travaux précurseurs d'un médecin cubain. Mais c'est bien de sa faute : il n'avait publié que dans des revues cubaines et soviétiques !

Une bonne et une mauvaise nouvelle, mais peut-être dans

l'ordre inverse pour certains : les actuels et peu efficaces médicaments anti-ulcéreux constituent l'un des principaux marchés de l'industrie pharmaceutique ; en France seulement, ils pèsent près de 3 milliards de francs. De jolis bénéfices menacés... Mais tout n'est pas perdu pour les multinationales du médicament : encore un petit réchauffement et le paludisme deviendra une maladie des pays riches ; il deviendra enfin intéressant de mettre au point des vaccins antipaludéens, actuellement négligés par les firmes de la pharmacie pour cause d'insolvabilité des marchés du tiers-monde. Le réchauffement climatique va-t-il creuser, après le trou d'ozone, celui de la Sécu ?

Le progrès de l'écrevisse

« Avancez vers l'arrière, s'il vous plaît ! » Le grand philosophe polonais Leszek Kolakowski aime à rappeler cette injonction fréquente dans les transports en commun, et à laquelle semblent désormais obéir, telles les écrevisses, les sociétés modernes. Voici quelques-uns de ces progrès à reculons.

Entre 1974 et 1988, le perfectionnement des moteurs automobiles aux États-Unis a permis d'y doubler les économies d'essence résultant de l'achat de voitures neuves en remplacement de modèles anciens gros consommateurs, et de réduire considérablement les rejets polluants. Mais les véhicules de loisirs, genre 4 x 4 ou minicars, qui n'ont pas fait l'objet de telles améliorations, sont devenus à la mode et comptent maintenant pour 45 % des ventes de véhicules neufs. En conséquence, l'efficacité énergétique et le bilan écologique de la flotte automobile américaine ont décliné au cours des dix dernières années.

Toujours aux États-Unis, les ventes des lampes fluorescentes compactes, faibles consommatrices d'électricité, ont été multipliées par huit entre 1988 et 1997. Mais en même temps se sont accrues aussi les ventes d'ampoules halogènes classiques, dont la vive lumière est appréciée dans les appartements urbains mal éclairés, particulièrement par les jeunes. Résultat : les 40 millions d'ampoules halogènes en service consomment plus d'électricité que n'en économisent les 280 millions de lampes fluorescentes compactes utilisées aujourd'hui.

En Europe maintenant, les services de santé allemands sont préoccupés par la croissance des allergies respiratoires chez les enfants d'Allemagne de l'Est. Effet retardé de la pollution atmosphérique considérable due aux vieillottes industries est-allemandes ? Non, vous n'y êtes pas. C'est au contraire la nette progression des conditions de vie à l'Est, qui, améliorant le chauffage domestique et généralisant la présence de moquettes et de tapis dans les appartements, y développe la faune acarienne et les allergies respiratoires qu'elle provoque.

Comme le disait Pierre Dac : « Il est beau, le progrès ! Quand on pense que la police n'est même pas fichue de l'arrêter... »

Qu'est-ce qu'on risque ?

Jadis, l'humanité était collectivement soumise à des aléas redoutables et peu nombreux : prédateurs, maladies, famines, catastrophes climatiques – les quatre cavaliers de l'Apocalypse. Aujourd'hui, chaque individu fait face à des périls multiples, mais dont chacun en définitive est statistiquement peu probable : accidents de voiture, cancer du fumeur, sida, maladies professionnelles, pollutions graves. Et là où nos ancêtres n'en pouvaient mais et devaient subir passivement les coups d'un sort extérieur et indifférent, ce sont aujourd'hui nos propres comportements qui engendrent la plupart des menaces qui pèsent sur nous. Ainsi sommes-nous passés de la crainte d'un petit nombre de dangers extérieurs presque inévitables à l'appréhension de ceux, innombrables mais incertains, dont nous sommes responsables.

On n'a sans doute pas pris la pleine mesure de la mutation anthropologique ainsi à l'œuvre, ni de notre impuissance encore à lui faire face, faute de représentations adaptées. Certes, de subtiles études socio-techniques se sont développées et font émerger une nouvelle discipline qui s'est même trouvé un nom : la « cyndinique » (du grec $κυνδινος$, « danger »). Mais nos mythes, nos valeurs, nos réactions sont encore tributaires de la situation archaïque pourtant largement dépassée. Le montre la terminologie communément employée : nous parlons désormais des risques (industriels, technologiques, etc.) avec une connotation de soumission négative et passive, alors que la notion de risque, récemment encore, était celle d'un danger assumé et souvent volontairement encouru – le risque affronté par l'explorateur, l'aventurier, le héros. Le comble du paradoxe est atteint quand ce vocabulaire est étendu aux événements incertains peut-être mais inéluctables, comme les séismes, les inondations, les cyclones. Parler à leur propos de « risques naturels » a sans doute un effet en retour pervers qui nous fait alors considérer les risques « artificiels » comme également inévitables.

Ce n'est donc rien moins qu'une nouvelle culture du danger – ou plutôt des dangers – qu'il s'agit de développer. Elle exige le développement d'une intelligence des faibles risques, et donc une maîtrise collective de certains aspects de la théorie des probabilités dont on sait combien elle est rétive au développement de formes spécifiques d'intuition, y compris chez ses experts. Mais il s'agit aussi d'explorer – et de transformer – les ressorts de l'imaginaire social et des représentations du monde qui fondent, de façon trop implicite, nos évaluations des risques, ceux que nous négligeons comme ceux que nous surévaluons.

Les pavés de l'enfer

Voici les gens de San Joaquin, en Bolivie, victimes du paludisme.

Et voici les hématozoaires responsables du paludisme qui affecte San Joaquin.

Et voici les moustiques qui transmettent les hématozoaires du paludisme qui affecte San Joaquin.

Et voici le DDT, répandu sur la région, qui détruit les moustiques qui transmettent les hématozoaires du paludisme qui frappe San Joaquin.

Et voici les insectes qui ingèrent le DDT qui détruit les moustiques qui transmettent les hématozoaires du paludisme qui frappe San Joaquin.

Et voici les lézards qui dévorent les insectes qui ingèrent le DDT qui détruit les moustiques qui transmettent les hématozoaires du paludisme qui frappe San Joaquin.

Et voici les chats qui meurent d'empoisonnement au DDT en mangeant les lézards qui dévorent les insectes qui ingèrent le DDT qui détruit les moustiques qui transmettent les hématozoaires du paludisme qui frappe San Joaquin

Et voici les souris qui prolifèrent en l'absence des chats empoisonnés par les lézards qui dévorent les insectes qui ingèrent le DDT qui détruit les moustiques qui transmettent les hématozoaires du paludisme qui frappe San Joaquin.

Et voici le virus Machupo que répandent les souris qui prolifèrent en l'absence des chats empoisonnés par les lézards qui dévorent les insectes qui ingèrent le DDT qui détruit les moustiques qui transmettent les hématozoaires du paludisme qui frappe San Joaquin.

Et voici les gens de San Joaquin, victimes d'une épidémie de fièvre hémorragique due au virus Machupo répandu par les souris proliférant en l'absence des chats empoisonnés par les lézards qui dévorent les insectes qui ingèrent le DDT qui détruit les moustiques qui transmettent les hématozoaires du paludisme qui frappe San Joaquin.

Cette histoire véridique est celle d'une grave épidémie qui frappa la ville de San Joaquin, en Bolivie, au début des années 1960, et y fit de nombreux morts. On pourrait n'y voir qu'une illustration de plus d'un de ces vieux dictons selon lequel l'enfer est pavé de bonnes intentions, ou le remède parfois pire que le mal (un autre pavé : celui de l'ours). Mais son intérêt est aujourd'hui de montrer à quel point l'application du désormais fameux « principe de précaution » est problématique. Se garder de toute intervention dont l'absence de nocivité n'a pas été prouvée, quoi de plus raisonnable apparemment ? Mais quoi de plus déraisonnable, si l'on prend en compte la longue chaîne embrouillée des causes et effets dans tout système un tant soit peu complexe ? Comment aurait-on pu montrer, et seulement imaginer, dans les années 1960, que la lutte contre le paludisme allait déclencher une épidémie inédite, insectes, lézards, chats et souris aidant ? Tenter d'agir en connaissance de cause, soit, mais sans sous-estimer notre méconnaissance des effets…

Plus de peur que de mal ?

Un essayiste affirmait récemment, « de la manière la plus péremptoire qui soit », que « dans quelques décennies, les crèches résonneront de cris de nourrissons issus du clonage » (E. Jaffelin, *Le Monde*, 2 juillet 1999). On ne peut, me semble-t-il, que suivre son analyse de la science actuelle qui « encourage les esprits chagrins à ne jamais affronter leur désir sans compensation ». Mais la « *libido dominandi* et infantile » qu'il diagnostique justement n'est-elle pas un aspect de « l'idéologie scientiste » plus que de l'activité scientifique ? Que celle-ci soit depuis un grand siècle dominée par celle-là ne prouve pas qu'il s'agisse d'une conjonction constitutive. Encore faut-il apprécier la nouveauté radicale de la période où nous entrons.

L'efficacité pratique lentement et péniblement acquise de la connaissance scientifique (ce n'est pas avant la seconde moitié du XIXe siècle que la science féconde en retour la technique dont elle est issue) s'est accrue au point que l'essence de la technique a reflué sur la science : le faire reprend la main sur le savoir. Et le court-circuit désormais organisé entre la connaissance fondamentale et sa mise en œuvre ne permet plus à la première de se développer suffisamment pour assurer la maîtrise de la seconde : la confusion entre recherche et développement finit par obérer l'une et l'autre. C'est là le sens profond qu'il faut donner à l'expression « technoscience ».

Nombre des prouesses technologiques les plus avancées sont le résultat de tours de main incontrôlés et infondés, dont la propagande claironnante cache pudiquement la masse d'échecs qui les accompagne. C'est en particulier le cas des expériences de clonage, où les succès sont statistiquement rares et dont l'avenir des produits est tout sauf assuré. Nous savons désormais faire bien plus de choses que nous n'en comprenons – renouant ainsi avec la situation qui précéda l'avènement de la science moderne.

Tel est l'aspect paradoxal, trop peu compris encore, de ce que l'on pourrait, pour le coup, accepter d'appeler la « postmodernité » : l'extension évidente de l'empire social de la technoscience s'accompagne de l'affaiblissement sous-jacent de sa puissance. Promise depuis cinquante ans, la fission nucléaire contrôlée n'est pas en vue ; programmée à grands renforts de dollars, la guerre contre le cancer n'a pas été gagnée. Les promesses comme les risques de l'ingénierie biologique se révéleront très largement pour ce qu'ils sont, annonces publicitaires et/ou fantasmes dérisoires.

Il y a donc une bonne raison, et une seule, de ne pas céder au pessimisme devant les menaces d'un Prométhée trop vite confondu avec Frankenstein : le réel n'est pas près de se rendre à notre savoir. Mais la science saura-t-elle retrouver la modestie qui lui conservera notre estime ?

Souris

Une souris blanche
Dans une cage étanche
Je la grille à petit feu
Je la montre à ces Messieurs
Ces Messieurs me disent
Laissez-la sans air, laissez-la sans eau
Ça fera d'originaux travaux.

Une souris grise
Pour une analyse
Je la fends par le milieu
Je la montre à ces Messieurs
Ces Messieurs me disent
Ôtez-lui le cœur, ôtez-lui l' cerveau
Ça fera un résultat nouveau.

Une souris brune
Il n'y en a plus qu'une
Je la clone pour en faire deux
Je la montre à ces Messieurs
Ces Messieurs me disent
Faites des jumeaux, faites des trumeaux
Ça fera le succès du labo.

Une souris noire
Au laboratoire
Je lui prends un de ses œufs
Je le montre à ces Messieurs
Ces Messieurs me disent
Changez-lui ses gènes, changez le noyau
Ça fera un très joli crapaud.

Une souris teinte
Dans un labyrinthe
Je la truque un petit peu
Je la montre à ces Messieurs
Ces Messieurs me disent
Greffez-lui du poil, greffez-lui d' la peau
Ça fera un artefact très beau.

Une souris verte
Qui courait dans l'herbe
Je regarde ses petits yeux
Je la cache à ces Messieurs
Ces Messieurs me disent
Donnez-nous des rats, donnez-nous des veaux
Il nous faut des animaux tout chauds.

~ Le scientifique dans l'imagerie populaire ~
pourriez-vous me faire le portrait-robot de l'agresseur qui vous a lâchement planté ces électrodes sur la tête?
oui! il avait un type savant très prononcé!
savant fou?, avec un entonnoir sur la tête?
oui, c'est ça! un entonnoir à laser!!
atomique sûrement!

Images

La science entre mythes et faits

> « Oh ! l'admirable merveille que ce monceau fourmillant de rêves engendrant le réel ! Ô erreurs sacrées, mères lentes, aveugles et saintes de la vérité ! »
>
> Victor Hugo, *L'Art et la Science*

Le belvédère de Tragara

C'était une splendide nuit d'automne sur les falaises de Capri. Dans la nuit sans Lune, Jupiter resplendissait, suivi de près par Saturne, cependant que, juste au-dessus, la nébuleuse d'Andromède luisait doucement, et que la Voie lactée, comme une arche lumineuse, traversait toute la voûte céleste, emportant le Cygne et sombrant dans le Sagittaire. Deux cents mètres plus bas, sur la mer aussi noire que le fond du ciel, les fanaux des barques de pêche dessinaient d'autres et éphémères constellations. Exactement comme il y a deux mille ans, au temps où Tibère dirigeait l'Empire romain depuis cette île, pensai-je. Mais non, pas exactement : je sais, moi, que Jupiter est une planète géante, faite d'hydrogène et de méthane, à quelques milliards de kilomètres, que Saturne a des anneaux, que la Voie lactée est un disque vu sur la tranche, notre galaxie faite de centaines de milliards d'étoiles, que la nébuleuse d'Andromède est une autre galaxie, que sa lumière est constituée de photons et que ceux qui atteignent mon œil ce soir voyagent depuis plusieurs millions d'années.

Et de trop vite m'exalter à la pensée de tout ce savoir, impensable par Tibère, et accumulé en si peu de temps par la science : dans ces cieux contemplés par les humains depuis des centaines de millénaires, moins de quatre siècles ont passé depuis que Galilée y distingua les étoiles de la Voie lactée, moins d'un siècle depuis que la galaxie d'Andromède nous est connue pour telle... Notre savoir est tout neuf : la cellule a cent cinquante ans, la radioactivité cent, le code génétique pas cinquante. Mais comment alors ne pas s'interroger sur la stabilité de ces connaissances ? Quelle perception auront de la nuit étoilée ceux qui la contempleront du belvédère de Tragara dans deux mille ans ?

Plutôt qu'une déploration sceptique sur le caractère provisoire de notre science, c'est une attention inquiète devant sa jeunesse qui me semble de mise. Car nos ancêtres, si leur connaissance du monde était, à nos yeux, bien limitée, pouvaient au moins compter sur un riche fonds de représentations où récits mythiques et mémoire historique se conjuguaient pour donner sens à leurs savoirs et les intégrer à la culture. Ces représentations sont toujours nôtres, mais le savoir s'en est écarté : quel rapport entre la vierge Andromède et sa galaxie, entre le héros Persée qui la sauva et les amas d'étoiles de sa constellation, entre le crabe du Cancer et le pulsar qu'il abrite ? Notre relation à ces aspects essentiels de la vie que sont le pouvoir, l'amour, l'argent, est en permanence éclairée par les grandes œuvres du passé : c'est grâce à Créon, à Tristan et Yseult, à Harpagon, que nous apprenons à trouver notre place dans le monde humain. Mais dans le monde naturel à peine dévoilé, qui nous guidera ? Sur quoi nous appuyer pour percevoir l'immensité déserte de l'Univers, les dangers du nucléaire, les risques et les promesses de la génétique ? Notre science est trop jeune pour que nous ayons pu élaborer les nouveaux contes et légendes qui lui permettraient de prendre toute sa place dans notre imaginaire, pour que nous puissions à la fois savoir et rêver, connaître et sentir. En aurons-nous le temps ?

Les hémisphères de Magdebourg

En 1654, Otto von Guericke réalisa une spectaculaire expérience, qui fit une vive impression sur ses contemporains – la « Grande Expérience de Magdebourg ». Von Guericke accola deux hémisphères de laiton soigneusement ajustés ; dans la sphère d'environ 80 centimètres de diamètre ainsi formée, il fit le vide à l'aide d'une machine pneumatique de son invention. Les deux hémisphères se trouvèrent alors plaqués l'un contre l'autre avec une telle force qu'un double attelage de seize chevaux ne put les séparer.

La sphère humaine aujourd'hui est ainsi faite. Ses deux faces, celle de la domination, celle de la connaissance, se sont rapprochées et le vide entre elles est devenu si parfait que plus rien ne peut les séparer. Entre le sociopolitique et le technoscientifique, désormais, plus de distance : le financement, la gestion, l'orientation des institutions scientifiques relèvent directement des instances politiques ; les applications et les implications de la recherche sont immédiatement de nature sociale, politique, économique, militaire. Le couplage direct du savoir et du pouvoir a éliminé les médiations complexes, les causalités réciproques, les relais multiples qui permettraient d'agir sur leurs relations : disparus les espaces et même les failles par où pourraient s'introduire des forces capables de modifier ce dispositif global. Décisions collectives délibérées ou influences sociales contingentes, rien ne semble en mesure pour l'instant d'ébranler l'autonomie apparente d'un complexe politico-industrialo-technico-scientifique qui achève d'asseoir son hégémonie sur la planète. L'emprise de la rationalité productiviste s'étend maintenant aux second et tiers mondes. N'y échappent pas plus les contre-mouvements utopistes : le vert de l'alternative écologique se confond avec celui du dollar pour devenir la couleur symbolique et publicitaire du redéploiement industriel (*Make cash out of trash* – quelque chose comme « transformer l'ordure en or dur » –, dit-on outre-Atlantique depuis longtemps).

L'universalité du système et sa flexibilité garantissent sa solidité, fondée sur la coexistence résignée et confortable des libertés individuelles et de l'incompétence collective. Le despotisme éclairé fut un mode d'organisation remarquable d'efficacité et de stabilité. Son symétrique, la démocratie éteinte, ne l'est pas moins. Pris entre un pouvoir et un savoir soudés l'un à l'autre, dans cette sphère vidée et opaque, notre souffle se fait un peu court et notre vision s'étrécit. Passé le temps des illusions sur la conquête du pouvoir et la maîtrise du savoir, pouvons-nous au moins desserrer leur étreinte ? Donner du jeu aux hémisphères de Magdebourg, n'est-ce pas le moyen d'y faire entrer de l'air, de rétablir la pression et de permettre le mouvement ? Ce jeu, cet air, ce mouvement, appelons-les *culture*. Et, sous ce mot, entendons le temps de l'histoire, pour que le présent apparemment inéluctable du développement technoscientifique révèle sa contingence entre passé et futur ; la diversité des modes d'agir et de penser, pour que l'hégémonie de la tradition occidentale n'appauvrisse pas sans retour le patrimoine pluriel des civilisations ; la confrontation des œuvres humaines, dans le respect de leur altérité, tant il est vrai que ce sont leurs différences, et non leurs illusoires convergences, qui font le prix et des arts et des sciences.

Nous comprenons le monde, de mieux en mieux, grâce à la science et le transformons, de plus en plus, grâce (?) à la

Les hémisphères de Magdebourg

technique. Il n'est pas sûr que nous comprenions et transformions assez la science et la technique. Nous manquons à leur égard de la prise de champ, du décalage oblique, de la salubre ironie par quoi le réel cesse de sembler naturel. Les scientifiques et les techniciens ont un besoin vital, dont il ne faudrait pas attendre qu'il devienne désespéré, du regard et de la parole des *autres* – et d'abord des créateurs de mots, d'images, d'idées. Écrivains, peintres, musiciens, philosophes bien sûr, pour peu qu'ils s'en préoccupent ou s'y intéressent, ont à dire et à montrer, des sciences et des techniques, le sens, la valeur, les limites – et pas seulement à leur emprunter formes et outils.

La vigilance critique, comment ne rejoindrait-elle pas l'exigence esthétique (ce refus de l'*an*esthésie) ? Oserons-nous penser une *poéthique* de la science ? À l'horizon, un gai savoir.

Le gène de Dieu

Pour certains, le siècle qui commence sera celui de la science, génétique au premier chef. Pour d'autres, ce sera celui de la spiritualité, suivant la célèbre formule attribuée à Malraux. Mais peut-être n'y a-t-il aucune incompatibilité entre ces deux prophéties. Car si le XIXe siècle s'est ouvert sur le *Génie du christianisme* de Chateaubriand, le XXIe semble devoir se contenter d'ôter un « i » au premier mot et d'en renverser l'accent.

En effet, selon le biologiste américain Dean Hamer, la propension humaine à croire en Dieu (quel qu'Il soit) aurait une base génétique. Dans un livre, intitulé tout simplement *The God Gene* (« Le gène de Dieu »), ce chercheur fait fond sur un arsenal théorique impressionnant, tiré de la biologie moléculaire, de la génétique comportementale, de l'anthropologie culturelle, de la psychologie évolutionniste, et de bien d'autres X-logies Y-istes, pour arguer que la religion est « câblée dans nos gènes ». Ces « gènes de la croyance spirituelle » seraient avantageux pour la survie du groupe humain, dans la mesure où les religions qu'ils sous-tendraient auraient un effet moral régulateur sur la vie sociale. Ils se verraient donc sélectionnés par les mécanismes darwiniens les plus classiques. Qui plus est, « les gènes de Dieu contrôleraient la programmation du lobe temporal de notre cerveau, dont la stimulation induit une sensation de sérénité et d'unité avec l'Univers, expliquant ainsi les visions mystiques ».

Sans doute peut-on comprendre que, dans un pays où les fondamentalistes religieux mènent encore « la guerre du singe » pour empêcher que la théorie de l'évolution soit enseignée dans les écoles (il s'agit bien des États-Unis, et non d'un État islamiste !), certains scientifiques soient tentés par une opération de contournement qui, espèrent-ils, désarmerait leurs adversaires intégristes. Les féroces affrontements de la fin du XIXe siècle entre les rationalistes darwiniens et leurs adversaires religieux seraient renvoyés au rang de simples malentendus. Pour autant, les thèses de Hamer ne sont pas simplement tactiques, mais relèvent d'une conception naturaliste, étroitement réductrice, du comportement humain : c'est le même chercheur qui avait annoncé voici quelques mois la découverte d'un prétendu « gène de l'homosexualité », puis d'un « gène de l'altruisme ». Aussi serait-on tenté de lui renvoyer la balle et de le pousser à chercher celui de ses propres gènes qui le prédispose, et nombre de ses collègues outre-Atlantique, à entretenir des croyances aussi naïves.

Il n'est pas trop tôt pour nous vacciner contre la contagion de telles fadaises. C'est que les vents d'ouest amènent de tristes pollutions sur nos plages, et d'autres dans nos pages. Faudra-t-il, dans les prochaines négociations sur le commerce international, défendre la protection du commerce intellectuel et la diversité culturelle, jusques et y compris dans le domaine scientifique ? Ce n'est d'ailleurs pas seulement au nom d'une science digne d'elle-même que l'on doit récuser ces opinions, mais du point de vue aussi d'une religion conforme à ses meilleures traditions. Comme l'exprimait avec force le grand théologien (européen) Karl Barth, protestant contre tout rabattement scientiste de la transcendance : « Ce Dieu que l'on pourrait démontrer, quel genre de Dieu serait-ce donc ? »

Un bel enlunement

Tsiolkovski, le prophète russe de la conquête spatiale, affirmait que si la Terre est le berceau de l'humanité, c'est précisément une bonne raison de la quitter pour accéder à la maturité. Mais, même si les mortels ont commencé à quitter ce berceau, la Terre est restée jusqu'à présent leur seul tombeau (même les victimes de la conquête spatiale ont toutes, pour le moment, trouvé leur dernière demeure sur notre planète). Or, voici quelques mois, fin 1997, la sonde spatiale *Lunar Prospector* emportait en orbite autour de la Lune, outre son instrumentation scientifique, les cendres d'Eugen Shoemaker. Déférant aux dernières volontés de ce planétologue et sélénologue réputé, la NASA en faisait le premier humain dont les restes ne retourneraient pas à l'humus – le premier à ne pas être enterré, mais « enciellé », avant d'être « enluné » lorsque la sonde s'écrasera sur le sol sélénite.

La NASA, dans le cadre de son programme de diversification, devenait ainsi entrepreneur de pompes funèbres et organisait les obsèques les plus coûteuses de tous les temps. Mais voilà qu'un groupe d'Indiens navajos vient d'élever une vive protestation contre ce geste, coupable, selon eux, de conduire à la profanation de la Lune, sacrée pour leur tradition, en y dispersant des restes humains. La NASA a présenté ses excuses officielles, protestant de sa bonne foi et récusant toute imputation de sacrilège délibéré, mais admettant qu'elle n'avait plus les moyens d'empêcher *Lunar*

Prospector de finir par plonger sur la Lune et de s'y désintégrer, répandant à sa surface les cendres de Shoemaker.

On pourrait aisément ironiser et se demander auquel des protagonistes de cette histoire attribuer la prime de la déraison : aux Navajos, à la NASA, ou à Shoemaker lui-même ? Mais plutôt que de déplorer la déconfiture de la rationalité scientifique au sein même de l'un de ses champs d'activité les plus prestigieux, sans doute faut-il se réjouir d'y constater la vitalité de la dimension symbolique qui seule, finalement, permet de donner un sens humain à cette activité. Que serait une recherche qui ne susciterait ni enthousiasmes ni indignations, une connaissance sans fantasmes ? Le jour où la science cessera de faire rêver, elle cessera tout court.

L'art et la matière

Trop longtemps, la science a tenu l'art pour un aimable divertissement, et l'art a considéré la science comme une incompréhensible menace. Les voilà, dirait-on, prêts à se rabibocher. On ne compte plus les colloques, les projets, les ouvrages, sur le thème de la rencontre entre arts et sciences. Serait-ce le temps de la grande réconciliation ?

Ainsi, sous le titre « Art et science » précisément, avec l'appui très officiel de l'Académie des sciences, s'est ouverte, en ce printemps 1997, une exposition où de fort réputés scientifiques présentent leurs œuvres – dessins, toiles, aquarelles et sculptures. Qu'il y ait des peintres du dimanche *même* chez les physiciens et les astrophysiciens, voilà une grande nouvelle, et inattendue sans doute, puisqu'elle donne lieu à certain battage. Nous voilà donc rassurés : non, la science n'a pas perdu son âme…

Mais s'il y a des artistes amateurs chez les scientifiques, il y a également des scientifiques amateurs chez les artistes : nombre d'entre eux éprouvent un sincère intérêt pour la physique moderne, malgré son ésotérisme, et certains vont jusqu'à concocter de bien étranges théories sur la naissance de l'Univers ou la constitution de la matière. Quand donc l'Académie des beaux-arts organisera-t-elle un cycle de conférences publiques intitulé « Science et art », où seront exposées par des artistes en vogue leurs idées sur la physique ?

On a pu voir aussi – version moderne de la fable du geai paré des plumes du paon – d'assez didactiques expositions scientifiques tenter de se donner quelque allure en ornant leurs plats panneaux pédagogiques de reproductions d'œuvres artistiques choisies pour leur prétendu pouvoir illustratif. Mais les arts plastiques n'ont pas plus pour fonction d'expliquer les sciences que les secondes n'ont pour vocation d'élucider les premiers.

Ainsi la dissymétrie reste-t-elle intouchée. Même quand elle prétend s'intéresser à cet Autre qu'est pour elle l'Art, la Science tend encore à le faire avec un mixte de présomption et de naïveté que seul son jeune âge peut excuser. Mais soyons optimistes : à force de fréquenter les artistes, les scientifiques vont peut-être réapprendre que la culture est affaire de critique, et d'abord d'autocritique, autant que de création.

Chronos, Ouranos et Gaïa

La vogue de l'astronomie et la célébrité de ses grands médiateurs en témoignent : le cosmos envoûte (... céleste, aurait dit Boby Lapointe). À écouter les profanes émerveillés pendant une belle nuit d'observation ou les réactions des téléspectateurs lors des rendez-vous astronomiques publics d'été, on comprend vite que la séduction majeure est peut-être plus celle du temps que celle de l'espace... Les distances gigantesques ne deviennent perceptibles que converties en temps et comptées en années-lumière. Que la lumière mette un millier d'années à nous parvenir d'une étoile aussi familière que Deneb du Cygne, des millions pour nous apporter la pâle lueur de la grande galaxie d'Andromède et des milliards pour ne *pas* arriver du fond du ciel et en expliquer ainsi l'obscurité nocturne, voilà qui déclenche un vertige métaphysique justifié.

Mais pourquoi aller aussi loin, alors que la durée des temps cosmiques, nous pouvons la percevoir à portée immédiate ? Tel l'astronome de la fable, qui, les yeux fixés au ciel, trébucha dans un puits faute de regarder à ses pieds, ne sommes-nous pas coupables de négligence envers notre terre familière ? Songeons-nous assez, lorsque nous nous baignons sur les côtes de la Manche, qu'il a fallu des dizaines de millions d'années pour que se déposent au fond des mers anciennes les centaines de mètres d'épaisseur de coquillages qui édifient ces majestueuses falaises ? Que les granits bretons du cap Fréhel témoignent d'une époque datant d'il y a 600 millions d'années ? Que le marbre de Carrare de notre manteau de cheminée est contemporain des dinosaures du jurassique ? Que la craie dans la main du professeur est faite de coquilles de mollusques du crétacé et que le tableau noir sur lequel il écrit est peut-être en ardoise de Trélazé, vieille de 450 millions d'années ? Que l'oxygène que nous respirons résulte de la première activité végétale, il y a 2 milliards d'années, et que notre corps garde, jusque dans ses gènes, l'héritage de nos ancêtres invertébrés vieux de 200 millions d'années ?

Les sciences les plus exotiques ne sont pas les seules à pouvoir nous faire rêver. Le vertige du temps n'est-il pas finalement plus grand encore quand l'immense calendrier cosmique est sous nos yeux, nos mains et nos pieds, plutôt qu'au fond de l'Univers ? Rappelons-nous que Chronos (le Temps), s'il est fils d'Ouranos (le Ciel), a pour mère Gaïa (la Terre). Alors qu'attendent les médias pour nous proposer, après (ou avec) la « Nuit des étoiles filantes », un « Jour de la Terre vivante » ?

Faire sa fête à la science ?

La journée de la « Science en fête » vient de connaître, en cette année 1996, dans notre pays, un écho tout particulier. Cette initiative fait des émules dans le monde. Une « Journée nationale de la science » vient ainsi d'être instaurée en Irak, à l'initiative du président Saddam Hussein ; elle sera célébrée chaque année le 18 janvier, date choisie, selon la radio irakienne, « pour sa signification historique, nationale et panarabe » : ce jour est en effet l'anniversaire de la première attaque des Scud irakiens sur Israël pendant la guerre du Golfe, en 1991. Sans doute doit-on savoir gré à l'Irak de nous rappeler ainsi qu'on ne saurait penser la science en fête en oubliant la science en fait – et en méfait.

D'ailleurs, pendant ces jours d'octobre où l'on fêtait la science en France, si les profanes ont trouvé ainsi nombre d'occasions de s'instruire ou de s'amuser, l'atmosphère était nettement moins joyeuse dans les laboratoires, soumis à de sérieuses compressions budgétaires, et où les chercheurs n'avaient guère l'esprit à la fête. L'éclipse partielle de Soleil, qui a ponctué ces journées, si elle a aidé à mobiliser l'attention publique, offre au fond un symbole assez ironique qui marque bien la notoire baisse de l'éclat que répandent les lumières de la science.

Il n'est pas si facile d'inventer de nouvelles fêtes. Et la science ferait bien de s'inspirer, sur ce point, de la vieille expérience de l'Église qui a compris, dès les premiers siècles de notre ère, qu'il valait mieux récupérer de traditionnelles fêtes païennes et transformer, par exemple, le solstice d'hiver en Noël ou l'équinoxe de printemps en Pâques. C'est donc maintenant l'une de ces fêtes religieuses bien installées qu'il conviendrait de détourner pour établir une vraie fête de la science. En d'autres termes, il suffit de trouver un saint patron adéquat... Pourquoi pas saint Thomas (l'apôtre), réputé pour son souci méticuleux de la vérification expérimentale ? Mais sa fête, le 21 décembre (tiens, le solstice d'hiver, justement) est trop proche de Noël. Ou saint Albert le Grand, qui se fête le 15 novembre ? Mais la meilleure solution, toute œcuménique, consisterait à canoniser Galilée et à lui consacrer la date anniversaire de son abjuration forcée en 1633, soit la journée du 22 juin (tiens, le solstice d'été).

Le silence de l'Univers

Au commencement était le Verbe, nous dit la Révélation. La Science, plus prosaïque, y met le Bruit : un gros boum, le *big bang*.

Mais jamais bruit fut moins sonore, et métaphore plus trompeuse.

Car cette « explosion » n'a jamais eu lieu ou plutôt elle a toujours-déjà eu lieu. Malgré la vulgate qui trivialise le sens de la théorie en lui attribuant une datation originaire finie (« il y a dix milliards d'années… »), la cosmologie moderne assigne à l'Univers une singularité initiale. Autrement dit, l'origine prétendue n'en est pas une, puisqu'il ne s'agit pas d'un instant véritable : passé à rebours, le film de l'Univers ne pourrait nous montrer que des images de plus en plus rapprochées de cet horizon, sans jamais l'atteindre. Ainsi, l'idée même d'un « début » se dissipe-t-elle dans un passé in(dé)fini, invalidant déjà toute représentation d'une explosion instantanée.

En outre, loin de se réduire à un phénomène localisé, l'expansion de l'Univers, aussi brutale soit-elle, concerne simultanément chaque point de l'espace. Ce n'est pas une expansion *dans* l'espace, mais une expansion *de* l'espace : c'est partout à la fois que ça « explose », si l'on tient à garder cette image. Comment alors imaginer le tohu-bohu des débuts sans lieu de provenance, un vacarme sans source ?

De toute façon, si la cosmogenèse s'accompagne d'émissions variées, de rayonnements multiples, aucun *son* ne peut en émaner, faute de pouvoir se propager. L'espace primitif est trop vide et trop vague encore pour lui offrir un milieu de conduction : ni air ni eau, pas de milieu suffisamment continu pour servir de support à la diffusion d'une onde sonore.

Enfin, *last but not least*, il s'en faut de plusieurs milliards d'années que puissent être à l'écoute les premières oreilles de l'Univers. L'ouïe devra attendre la vie. Et faute d'organes auditifs appropriés, comment une vibration (mécanique) pourrait-elle devenir sensation (acoustique) ?

Pascal avait raison. Tant nous effraie le silence et sa pensée même, que nous meublons de bruits imaginaires ces espaces infinis et ces temps éternels. Et, à entendre notre difficulté à respecter la moindre minute de silence, comment s'étonner de notre trouble à en admettre des millions de milliards ?

Gros bang et petits boums

Début avril 1999, en soirée, la télévision ouverte au hasard sur France 2, un écran plein de bruits et de fureur. Destruction d'immeubles, obus antiblindage, – une émission spéciale sur la guerre au Kosovo ? Mais un champignon nucléaire venait, si l'on ose dire, rassurer : non, il ne s'agissait pas de la Yougoslavie. En fait, avec un remarquable sens de l'à-propos, la chaîne publique programmait ce soir-là une émission *scientifique* consacrée aux explosions, « Des feux d'artifice au Big Bang ».

Certes, la nature n'est pas avare de phénomènes violents, éruptions volcaniques ou éclatements de supernovas, dont cette émission nous montrait de spectaculaires images. Du coup, on en oubliait que la plupart des explosions présentées avaient quand même des origines, et des cibles, humaines. Le dynamitage programmé de HLM vétustes et vides, s'effondrant gracieusement avec une remarquable précision sans dommages pour leur voisinage, faisait oublier les frappes qui, à Belgrade et au même moment, s'accompagnaient de quelques « dégâts collatéraux ». La série des explosions nucléaires, dont les films avaient longtemps été tenus secrets, puis oubliés et enfin restaurés – avec amour, apprenait-on –, ne se distinguait guère des splendides éruptions volcaniques, inéluctables manifestations des puissances naturelles. Bref, comme le chantait naguère Brigitte Fontaine, tout ça, « c'est normal… ».

Le clou du spectacle était bien entendu une simulation du Big Bang, dont peu importe ici la pauvreté visuelle de la figuration en images de synthèse. On en retrouvait sans surprise la présentation courante comme une explosion « à partir d'une concentration ponctuelle d'énergie », conception fort abusive (et très explicitement, mais inutilement démentie dans l'émission par le commentaire de l'astrophysicien de garde ce soir-là). La théorie cosmologique montre pourtant que l'expansion de l'Univers n'est pas un phénomène localisé dans l'espace, mais une propriété de l'espace entier, et que l'idée d'une origine temporelle est hautement douteuse si l'on veut bien prendre au sérieux la singularité de ce prétendu moment initial, plus naturellement renvoyé à un passé indéfini. Mais, et je l'ai enfin compris à cette occasion, si l'Univers n'est pas véritablement explosif, l'imagination technoscientifique de l'homme moderne ne saurait le concevoir autrement, obnubilée comme elle l'est par ses coutumiers fantasmes destructeurs.

Beau comme un camion

Pendant longtemps, le langage de la technique a recouru à des métaphores prises dans le monde naturel, animal ou végétal ; en témoignent, parmi tant d'autres, la *grue* de chantier, les *baleines* de parapluie, le *cheval*-vapeur, le *chien* de fusil, la pince *crocodile*, le pied-de-*biche*, les *tiges* de soupape, les *arbres* à came, les *racines* carrées, le *noyau* atomique et la *feuille* de papier sur laquelle j'écris. Mais aujourd'hui, le mouvement d'emprunt s'inverse, et c'est le monde technique qui fournit nos représentations spontanées.

Ce printemps 1996, à Nice, des adolescents, ayant cru apercevoir dans les fourrés un félin sauvage (c'était un simple sanglier), le décrivent aux journalistes de *Nice-Matin* « gros comme un scooter » ; autrefois, c'étaient les scooters qui prenaient des noms d'animaux : Vespa, la guêpe. « Beau comme un camion », avait déjà écrit Marguerite Duras.

Quelques jours plus tard, un critique cinématographique écrit à propos du dernier film de Bertolucci, *Beauté volée* : « [Il] fonctionne sur le principe du cyclotron : l'observation des effets (de lumière, d'énergie, de sens) que produit le bombardement d'un corps lourd par une particule projetée violemment. Le "corps lourd" est une petite société fermée [...]. La caractéristique chimique de cet assemblage [etc.] » (Michel Frodon, *Le Monde* du 18 mai 1996).

Mieux encore, lors de l'office religieux de l'Ascension radiodiffusé sur France-Culture le 16 mai, le prêtre invite les fidèles à s'émerveiller de l'exaltation du Christ en la comparant à l'impressionnant arrachement du sol des fusées *Ariane* à Kourou. Et il conclut son sermon en souhaitant « Bonne fusée ! » à ses ouailles [*sic*].

Nous vivons non seulement dans une technonature, au sens où, depuis belle lurette déjà, notre environnement est fait d'artefacts, mais, désormais, dans une technoculture, puisque ces artefacts deviennent maintenant la source de nos métaphores, les références de nos images, les éléments de nos comparaisons. Sans doute est-ce le signe d'une véritable mutation anthropologique.

La couleur de la science

Au jeu du portrait chinois, la science, « si c'était une couleur », serait l'indigo, nom portugais de cette teinture bleu-violet venue des Indes au XVIe siècle. Nulle couleur ne symbolise mieux, en effet, l'intrication entre l'objectivité de l'expérimentation scientifique, la contingence de son énonciation et l'importance de ses effets sociaux.

L'indigo figure en bonne place parmi les « sept couleurs de l'arc-en-ciel ». Pourtant, nul observateur de bonne foi ne saurait sérieusement identifier, entre le bleu et le violet, la zone correspondant à cette teinte, que ce soit en contemplant un arc-en-ciel naturel ou un spectre lumineux obtenu au laboratoire avec un prisme. Aucune description de l'arc-en-ciel, qu'elle soit poétique, picturale ou scientifique, ne fait mention, avant le XVIIIe siècle, de cette teinte (le mot indigo lui-même ne date que du XVIe siècle), ni d'ailleurs d'une répartition en sept couleurs. C'est Newton lui-même qui inventera de toutes pièces cette nomenclature, dans son *Opticks*, publié en 1704. Il avait pourtant, lors de ses premiers travaux sur la lumière, écrit à son ami Oldenbourg : « Mes propres yeux ne sont pas très aptes à distinguer les couleurs. » Mais on ne s'étonnera pas de voir la culture biblique et alchimique de Newton le pousser à imposer la mythique « septualité » babylonienne au spectre coloré, à l'instar de la division de la gamme sonore en sept notes. Et l'indigo, malgré (ou à cause de) son singulier statut à la fois observationnel – il est invisible… – et terminologique – sa dénomination n'appartient pas au vieux fonds des noms de couleur –, vient à point nommé compléter le spectre coloré. Il n'en demeure pas moins que, malgré l'arbitraire de cette classification, le choix newtonien était riche d'une remarquable et féconde intuition des analogies entre son et lumière, tous deux phénomènes ondulatoires.

Mais l'indigo a également joué un autre rôle, plus concret, dans le développement de la science moderne. Le principe colorant de l'indigo était, jusqu'à la fin du XIXe siècle, extrait à grand-peine de plantes telles que l'indigotier ou le pastel. La structure chimique du pigment fut élucidée en 1883 par Adolf von Baeyer, fondateur de la firme industrielle qui porte son nom et prix Nobel de chimie en 1905 pour ses nombreuses contributions à la chimie des colorants. En 1897, une autre firme allemande, BASF, lançait la synthèse industrielle à grande échelle de l'indigo. Ce fut la ruine des cultivateurs de pastel (dans le midi de la France en particulier) et la montée en puissance de l'industrie chimique allemande, événement majeur du développement de la technoscience au début du XXe siècle, lourd de conséquences économiques et militaires. Rien d'étonnant alors à ce que cet indigo artificiel soit devenu la couleur emblématique de la modernité – celle des blue-jeans.

Albert et Pablo

Descendez dans la rue et demandez aux premiers passants rencontrés de vous citer le nom d'un grand savant et d'un grand artiste du XXe siècle. La réponse très largement majoritaire ne fait aucun doute : Einstein et Picasso, bien sûr. Vos interlocuteurs seraient d'ailleurs pour la plupart bien en peine de donner le nom d'un autre savant ou d'un autre artiste…

On ne s'étonnera donc pas trop qu'un éminent historien de la science contemporaine ait entrepris de rapprocher ces deux personnages emblématiques dans une double biographie croisée, avançant que « les similitudes entre leurs vies personnelles, leurs vies professionnelles et leurs formes de créativité sont troublantes et démontrables ». Pourtant, derrière les images d'Épinal, il n'est pas sûr qu'Einstein et Picasso aient été si « exemplaires », ni « sources d'inspiration pour des générations », etc. Le paradoxe est même que l'un de leurs rares traits communs a justement été de rester des génies assez isolés, sans guère de postérité. Ils n'ont véritablement fait école ni l'un ni l'autre. Et les créateurs du XXe siècle se sont plutôt déterminés en réaction, sinon en opposition, à ces deux figures, prenant leurs distances, de façon souvent explicite. En ce qui concerne la physique, Einstein est vite (dès la fin des années 1920) apparu à ses jeunes collègues – à tort ou à raison – comme le représentant d'une façon dépassée de faire de la science. Et, du côté de la peinture, on ne peut pas dire que les courants les plus novateurs du XXe siècle, dès les années 1920 encore, aient vraiment trouvé leur source chez Picasso. Il serait à peine exagéré de considérer Einstein et Picasso comme les derniers représentants d'un XIXe siècle prolongé plutôt que comme les premiers du XXe. Quant au fond, le poncif selon lequel la théorie de la relativité et le cubisme auraient montré une significative convergence des représentations de l'espace et du temps proposées par la science et par l'art au début du XXe siècle, voire une influence directe de celle-là sur celui-ci, ne résiste guère à l'examen critique : les épisodiques allusions à l'espace-temps de la physique sont le fait de quelques critiques plus que des artistes et sont rhétoriques plus que théoriques : une certaine sensibilité à l'esprit du temps (et de l'espace ?) peut-être, mais rien de plus.

C'est le projet même d'établir de telles comparaisons qu'il faut questionner. Les trajectoires de l'art et de la science ne se situent pas dans un même plan, et ne sont donc ni parallèles ni même concourantes. Comme pour toutes les activités humaines, ce sont leurs spécificités qui font leur valeur – et leurs rares et éphémères rapprochements n'en sont que plus précieux. Mais les tentatives pour établir des affinités profondes entre science et art, fort à la mode, relèvent, en ces temps d'incertitude de l'une comme de l'autre, d'une quête quelque peu désespérée de supplément d'âme par la première et de respectabilité moderniste par le second. Le risque est réel que la réunion de l'art et de la science ressemble à celle de l'aveugle et du paralytique.

Le tissu du savoir

Le vocabulaire scientifique n'est pas toujours aussi ésotérique qu'on le croit. La science moderne a trouvé de nombreuses métaphores suggestives dans l'une des plus anciennes techniques de l'humanité, la couture, et plus généralement l'habillement.

Les *fils* électriques et téléphoniques concrétisent, dans le métal des conducteurs, une terminologie pourtant bien éloignée des métiers du rouet et de l'aiguille. La quenouille de ces anciens rouets sert d'ailleurs, dans sa forme anglaise *spin*, à spécifier l'une des plus ésotériques propriétés des quantons. Plus abstraitement, l'idée de *maille* caractérise les réseaux périodiques de la cristallographie. Et de nombreux domaines connaissent des *ceintures* (par exemple, en astrophysique, les ceintures de Van Allen, qui entourent la Terre), et plus encore des *zones*, ce qui est exactement la même chose en grec.

Dans les sciences de la vie, les *tissus* biologiques offrent un exemple majeur ; certaines membranes sont dénommées *manteaux* ou *tuniques*. En biologie moléculaire, la *fermeture Éclair* et son ingénieux système d'appariement de deux lanières complémentaires est souvent invoquée comme modèle du couplage entre les deux brins accouplés constituant la fameuse double hélice de l'acide désoxyribonucléique (ADN), et les *ciseaux* sont l'image couramment utilisée pour décrire certaines protéines capables de couper les chaînes d'ADN.

La géologie abonde en *plis* et en *nappes* ; l'orologie a ses *aiguilles* montagneuses et connaît même des *boutonnières* (traces d'anciennes éminences aplanies par l'érosion). Et la sismologie a récemment formulé une théorie des *boutons de chemise*, qui explique la façon dont les séismes, engendrés dans le *manteau* terrestre, se propagent par à-coups le long d'une faille par analogie avec la propension des boutons d'une chemise fermée à sauter successivement lors d'un écartement un peu trop violent de l'encolure. Faut-il d'ailleurs rappeler les *boutons* plus communs de la botanique comme de la dermatologie ?

En physique des particules, les *lacets* grâce auxquels le baron de Munchhausen, après Cyrano de Bergerac, tirait sur ses propres chaussures pour s'envoyer en l'air ont donné leur nom, dans les années 1960, à la théorie du « *bootstrap* » (« courroie de botte »), astucieux mécanisme par lequel les particules s'engendreraient mutuellement, toutes à la fois composées et composantes les unes des autres ; hélas, la nature ne semble guère avoir fait usage de cet élégant procédé.

Cette terminologie manifeste l'omniprésence de la vie quotidienne dans les représentations du monde les plus abstraites ; la science n'est heureusement pas si détachée du commun qu'on pourrait le craindre. Et l'on se plaira à voir ici l'influence voilée d'une activité essentiellement féminine sur une pratique encore trop largement masculine.

Europe et Icare

Après les élections européennes de l'été 1999, force est de constater que les enjeux, pourtant hautement politiques, de la technoscience ne semblent guère avoir mobilisé les candidats, ni les électeurs. Pourtant, le mythe même d'où notre continent tire son nom nous en dit long à cet égard.

Europe (« aux beaux yeux ») était une princesse phénicienne, fille du roi de Tyr – une Asiatique, donc. Zeus s'éprit d'elle, et, transformé en taureau « d'une éclatante blancheur », la séduisit, l'enleva et l'emmena en Crète. Lui laissant une progéniture triple, Minos, Éaque et Rhadamante, Zeus abandonna Europe en la mariant au roi Astérion. Mais il lui fit trois présents d'adieu : un serviteur de bronze, Talos, qui gardait sans défaillances les côtes de la Crète, un épieu de chasse qui ne manquait jamais son but et un chien qui ne laissait échapper aucune proie. Autant dire, le premier robot et le premier missile – et même le premier technobionte.

Devenu roi de Crète à son tour, Minos s'assura les services du premier ingénieur de l'histoire, Dédale. La reine Pasiphaé, sa femme, par un ironique retour des choses, tomba amoureuse d'un taureau. Elle se fit construire par Dédale un simulacre de vache, où elle se dissimula pour recevoir les hommages de la bête, inaugurant ainsi la méthode longtemps utilisée pour recueillir le sperme nécessaire à l'insémination artificielle. De cette première manipulation biologique *in vivo* naquit le terrible Minotaure, véritable organisme génétiquement modifié, annonciateur des risques des biotechnologies.

Dédale, toujours serviable, construisit le labyrinthe où le monstre fut enfermé – expérience pionnière sur les structures désordonnées. Le Minotaure fut vaincu par Thésée avec l'aide d'Ariane et de son fil, algorithme de décryptage rudimentaire mais robuste. Dédale, tombé en disgrâce, fut alors incarcéré par Minos avec son fils Icare dans son propre labyrinthe ; il inaugurait la répétitive histoire des savants victimes du pouvoir qu'ils ont aidé – Galilée, Oppenheimer, Sakharov... Dédale fut ainsi amené à inventer l'aéronautique, et peut-être même l'astronautique, puisque Icare s'approcha assez du Soleil pour s'y brûler les ailes et devenir la première victime de la course à l'espace. S'il faut saluer son courage et son audace, sa chute n'en est pas moins le symbole de l'imprudence technique.

Aussi, nous, Européens, savons, et c'est le privilège de notre ancienne histoire, que tout envol, tôt ou tard, se termine par une retombée. Laissons à d'autres, par-delà l'un ou l'autre des océans, l'illusion d'un progrès sans échecs.

Dinosaures de nous autres

Les dinosaures nous posent deux grandes énigmes : l'une est celle de leur disparition, il y a quelques dizaines de millions d'années, à la surface de la Terre ; l'autre est celle de leur réapparition, il y a quelques dizaines d'années, dans les profondeurs de l'imaginaire humain. Si des milliers de pages et des théories sans nombre ont été consacrées à la première de ces questions, la seconde n'a fait encore l'objet que de réflexions peu nombreuses.

Stephen J. Gould, l'un des rares à s'être penché sur la question, propose deux pistes*. Tout d'abord, le succès populaire des dinosaures serait dû à ce qu'ils sont à la fois « *big, fierce, and extinct* ». Gros, féroces et disparus, ils prendraient le relais dans les représentations modernes des monstres du passé qui hantaient les soirs de veillée. Géants, ogres, loups-garous, bêtes du Gévaudan et d'ailleurs, se chargeaient de donner forme à nos peurs. Assignant à résidence nos angoisses au royaume des contes, cette salutaire catharsis tentait d'en débarrasser le monde. Nous avons certes toujours autant besoin de *jouer à nous faire peur* pour conjurer nos trop sérieux effrois. Et quoi de plus naturel que de demander aux savants, pourvoyeurs désormais de toutes

* Stephen Jay Gould, *La Foire aux dinosaures* (1993), Seuil, « Points Sciences », 1997 ; voir aussi, sous le titre « Dinomania », la recension par S. J. Gould de *Jurassic Park* (le film *et* le livre), *The New York Review of Books*, 12 août 1993.

nos commodités, que d'engendrer les monstres modernes ? Les dinosaures, enfants des sciences de la Terre, remplissent admirablement ce rôle. Mais il reste à expliquer la spécificité de leur succès. Car ils ne sont pas seuls à pouvoir revendiquer l'emploi : monstres marins (poulpes géants et requins aux mâchoires béantes), extraterrestres (*aliens* baveux ou arachnides martiens), machines folles (ordinateurs paranoïdes) ou molles (technoplasmes visqueux), sont de sérieux candidats pour le casting. S'ils connaissent, ici ou là, de beaux succès, aucun n'atteint cependant, et de loin, au triomphe incontesté, permanent et collectif, des dinosaures. Maîtres de la Terre pendant des dizaines de millions d'années, ils exercent désormais leur domination sur notre espace mental. En témoigne leur prodigieuse acculturation jusque chez les petits de la maternelle, qui connaissent et reconnaissent sans hésiter tyrannosaure, tricératops et diplodocus (le tiercé gagnant).

La seconde ligne d'explication proposée par Gould relève de l'économique. La loi du marché, banalement, prendrait ici le relais pratique de l'analyse théorique. Puisque les dinosaures se vendent, ils prolifèrent – et se vendent encore plus, etc. L'imaginaire est devenu, on ne le sait que trop, une des sources les plus abondantes de la valeur marchande. Les premiers à avoir commercialisé les dinosaures (où ? quand ? – l'étude reste à faire…) auraient ainsi mis en marche une avalanche dont l'ampleur n'était peut-être pas prévisible au départ, mais qui, amplification par effet de boule de neige aidant, est désormais devenue irréversible. Comme leur succès biologique passé, le succès idéologique moderne des dinosaures relèverait d'un phénomène plus contingent que déterministe, explicable *a posteriori*, mais non prévisible *a priori*.

Sans vouloir aller à l'encontre de ces deux points de vue dont le seul inconvénient est qu'ils ne s'articulent pas vraiment, on peut proposer une réflexion qui approfondit le premier et rend le second moins arbitraire. Au fond, la singularité des dinosaures par rapport aux autres candidats, passés et présents, au titre de monstre archétypal de notre époque, tous – par définition – « *big* » et « *fierce* », est qu'ils sont, eux, « *extinct* », disparus. Autrement dit, ils n'existent *plus*, alors que leurs rivaux malheureux se contentent de n'exister *pas*. Les dinosaures ont existé*, les loups-garous jamais. Dès lors, les « féroces lézards » appartiennent, sinon à notre temps, du moins à notre espace : nous ne les avons point croisés, mais il ne s'en est fallu que de quelque soixante millions d'années. Et nous recueillons leurs os, ramassons leurs œufs, suivons leurs traces, « pour de vrai ». Le frisson est quand même d'une autre qualité !

Réels donc ; mais éteints. Sans successeurs ? Voire... N'y a-t-il pas aujourd'hui sur Terre une espèce au remarquable succès évolutif, qui a conquis tous les écosystèmes, et se révèle comme le plus redoutable prédateur sans doute qu'ait connu notre planète ? Et cette espèce n'est-elle pas à son tour menacée de disparition, ou à tout le moins amenée à envisager cette éventualité ? L'effet de réalité amplifié par une identification implicite : n'y aurait-il pas là une des raisons les plus profondes de notre dinomanie moderne ? Pourquoi, d'ailleurs, les dinosaures, au départ, il y a un siècle, si gauches et stupides, se sont-ils, dans les dernières décennies, singulièrement rapprochés par leur agilité, leur comportement, et même leur intelligence, des mammifères, voire des primates (la menace d'une espèce de dinosaures petits, rapides, sociaux, futés et agressifs, est désormais le poncif de la fiction dinosaurienne, écrite ou filmée), sinon parce que leur fascination est celle que nous éprouvons devant un miroir sans doute plus grossissant que déformant ? Et pourquoi avons-nous donné au

---

* ... ce qui ne les empêche d'ailleurs en rien de relever très largement de la fiction : voir l'analyse que fait Bruno Latour des relations entre le *vrai* dinosaure, celui de la science, et celui des représentations populaires : « Les trois petits dinosaures », *Alliage*, n° 7-8 (numéro spécial *L'Animal, l'homme*), printemps-été 1991, p. 73-81.

Tyrannosaurus rex le nom redoublé des plus redoutés de nos semblables ?

Dans un beau livre de Richard Matheson, *Je suis une légende*, le héros, après une longue chasse solitaire aux vampires, devenus maîtres de la planète, comprend soudain que, désormais, le monstre qui traque les honnêtes gens, et leur transperce le cœur en plein jour pendant leur sommeil, c'est lui. De même, allons-nous enfin comprendre que nous sommes tous des tyrannosaures ?

Le siècle des Ombres

Si le XVIIIe siècle est dans nos mémoires celui des Lumières, se souviendra-t-on du XXe comme du siècle des Ombres ?

L'image emblématique de ce dernier siècle, qui marque à jamais son cœur historique, est celle de l'ombre de ce passant volatilisé le 6 août 1945 à Hiroshima, et dont la trace est restée fixée dans la pierre, protégée des radiations par cette chair fragile et éphémère. Cette photographie, prise au flash nucléaire, projetée sur un mur en ruines, *révèle* en effet une nouveauté radicale : la capacité humaine, non seulement de détruire l'homme, mais de l'annihiler – grâce à la science. La disparition absolue de cet homme est le symbole de l'anéantissement de l'humain, d'Auschwitz à... – la liste, désormais, serait trop longue. Et cette ombre d'Hiroshima témoigne pour tous ceux que la négation de leur humanité a réduits à l'ombre d'eux-mêmes.

Comment avons-nous pu oublier que, plus forte est l'illumination, plus denses sont les ombres portées ? Seul un monde vide peut être intégralement éclairé. Nul être, nulle chose et nulle idée ne peuvent être mis en lumière sans projeter d'ombres. D'ailleurs, le pluriel même des Lumières, que nous n'entendons pas assez, nous demanderait de substituer à l'imagerie positiviste du flambeau de la Raison éclairant l'Univers la vision de lumignons multiples et de portée limitée, laissant subsister entre eux de vastes zones obscures, image d'ailleurs bien plus conforme au caractère divers et épars de la connaissance scientifique.

Au demeurant, la lumière elle-même a changé de nature. Crue et brute, la lumière électrique est bien celle du XXe siècle, cruel et brutal. Après l'enthousiasme scientiste des années 1900 pour la fée Électricité, voici les ampoules nues dans les cachots, les lampes braquées dans les yeux des suspects et la gégène pour les torturer, les projecteurs balayant les cours de prison et les barbelés électrifiés des camps de concentration. Si les Lumières du XVIIe siècle ont voulu être celles de la libération des humains, les lumières du XXe auront trop souvent été celles de leur asservissement.

Mais si l'ombre est la demeure des menaces, elle peut aussi être propice aux engendrements et aux éclosions. C'est dans les ténèbres que germent les graines et que se métamorphosent les larves. D'autres cultures que la nôtre, vouée depuis ses origines méditerranéennes peut-être au culte d'une lumière souvent trop brutale, ont su reconnaître la fécondité et la richesse de l'ombre ; en témoigne le merveilleux *Éloge de l'ombre* du grand écrivain japonais Junichiro Tanizaki. Les forces nocturnes ne sont pas toutes destructrices. Souhaitons au XXIe siècle de ne se laisser ni aveugler par les lumières, ni égarer par les ombres.

Trous d'ozone,
trous de mémoire

« Une victoire encore plus grande sera celle [remportée sur les] couches d'ozone qui se forment à des dizaines de kilomètres d'altitude sous l'influence des rayons ultraviolets du Soleil. Nous savons qu'elles entourent le globe d'une enveloppe continue qui renvoie les ondes radio et freine l'action bienfaisante des radiations ultraviolettes. Figurez-vous ce spectacle fantastique : d'immenses colonnes électrisées montent à plusieurs centaines de kilomètres jusqu'à la couche d'ozone, et y percent des fenêtres par lesquelles le Soleil déversera des flots d'ondes électromagnétiques ultraviolettes. Ces ondes, mortelles en certains endroits, sont vivifiantes en d'autres et servent alors de sources d'énergie nouvelles. »

Il fut donc un temps où les scientifiques, non seulement n'avaient pas peur des trous dans la couche d'ozone, mais encore rêvaient d'en faire... C'était voici à peine plus d'un demi-siècle, en Union soviétique : les lignes précédentes sont extraites de l'un de ces remarquables livres de vulgarisation, on pourrait même dire de catéchèse, tant leur prosélytisme scientifique était enthousiaste, dont les Éditions de Moscou en langues étrangères s'étaient fait une spécialité – en l'occurrence, *La Géochimie récréative*, d'Alexandre Fersman, élève du grand Vernadski (créateur du concept de « biosphère »), et lui-même géochimiste réputé.

On peut lire ce texte comme le témoignage de la naïveté de nos prédécesseurs, comme le signe d'une époque révolue où, en ces sombres années 1930, la science au moins semblait encore pouvoir offrir à l'humanité la prospérité et la paix – espoir que la bombe d'Hiroshima fit éclater. C'était alors le temps de l'acceptation confiante des risques, loin de tout principe de précaution : on aura noté la désinvolture de ce « mortelles en certains endroits, [...] vivifiantes en d'autres », sans plus de précisions.

Sans doute sommes-nous devenus plus sages, en tout cas plus prudents. Mais, sans revenir aux insouciances du passé, ne faut-il pas aussi nous demander ce que nous avons perdu en nous résignant à une circonspection méticuleuse ? Il y avait une véritable grandeur dans ces prodigieux projets de la science. Cette aspiration prométhéenne à changer le monde, faut-il y renoncer à jamais ? L'humanité est-elle trop vieille pour oser encore ? Sa science doit-elle se contenter de lui fournir quelques gadgets domestiques, quelques prothèses électroniques, quelques pilules pharmaceutiques ? Après les explorateurs risque-tout du passé, nous connaissons aujourd'hui de nouveaux aventuriers capables, après mûre évaluation des dangers encourus et munis de moyens d'y faire face, de lancer des défis admirables, en montagne, sur mer ou dans les airs. Ne peut-on espérer qu'à leur instar la fougue téméraire d'une science trop jeune se mue en dessein ambitieux et réfléchi de la maturité, plutôt que de basculer dans la renonciation frileuse de la vieillesse ? Pourquoi oublierions-nous cet espoir de voir « une vie nouvelle [qui] naîtra de la victoire sur la nature et sur l'esprit routinier de l'homme lui-même », comme l'écrivait Fersman, en sachant bien sûr que la deuxième victoire (et peut-être ce terme militaire doit-il être récusé) est de loin la plus difficile, et qu'elle ne concerne certes pas que « l'esprit » de l'homme ?

Le mouvement est comme rien

Eppur si muove ! (attribué à Galilée)

À mille kilomètres à l'heure
Je bascule vers l'Orient
Assis à ma table
À mille kilomètres à l'heure

À cent mille kilomètres à l'heure
Je file autour du Soleil
Allongé dans ma baignoire
À cent mille kilomètres à l'heure

À un million de kilomètres à l'heure
Je vire dans la Galaxie
Couché dans mon lit
À un million de kilomètres à l'heure

À dix millions de kilomètres à l'heure
Je foncerai vers le Grand Attracteur
À six pieds sous terre
À dix millions de kilomètres à l'heure

[Le titre est une formule célèbre attribuée à Galilée, traduction quelque peu sommaire des énoncés galiléens qui préfigurent le principe de relativité – par exemple, et dans une traduction plus fidèle, « le mouvement, là où il est commun, est comme s'il n'était pas » (*Dialogue sur les deux grands systèmes du monde*, trad. R. Fréreux et F. de Gandt, Seuil, 1992).

La rotation de la Terre sur elle-même se traduit par une vitesse linéaire de 1 200 km/h environ à la latitude de Paris.

La vitesse de la Terre sur son orbite est de 102 700 km/h (en moyenne annuelle).

La rotation de la Galaxie entraîne notre Système solaire à 300 km/s, soit un peu plus d'un million de km/h.

La vitesse de déplacement de notre Galaxie vers une forte concentration de galaxies lointaines (le « Grand Attracteur ») est de plusieurs millions de km/h.]

Index des personnages

Ader (Clément), 105.
Albert le Grand (saint), 202.
Archimède, 15, 91.
Arioste (Ludovic), 122.
Audiberti (Jacques), 69.
Avogadro (Amedeo), 40.

Babinet (Jacques), 86.
Bach (Jean-Sébastien), 92.
Bachelard (Gaston), 124, 129.
Bachelier (Louis), 164.
Baeyer (Adolf von), 210.
Balmer (Johann Jakob), 32.
Barth (Karl), 194.
Barthez (Fabien), 59.
Bec (Louis), 95.
Beethoven (Ludwig van), 91.
Benveniste (Jacques), 127.
Bergerac (Cyrano de), 214.
Bergson (Henri), 123.
Berthelot (Marcellin), 101.
Bertolucci (Bernardo), 207.
Boeno (David), 95.
Bohr (Niels), 110.
Bonaparte (Louis-Napoléon), 100.
Born (Max), 111.
Brecht (Bertolt), 94, 116, 156, 160.
Broglie (Louis de), 110.
Bruno (Giordano), 115.

Capra (Fritjof), 44.
Cassini (Gian Domenico), 100.
Cervantes (Miguel de), 109.
Chandrasekhar (Subrahmanyan), 92.
Chateaubriand (François René de), 193.
Clemenceau (Georges), 141.
Colomb (Christophe), 60.
Copernic (Nicolas), 25, 60.
Costa (Silvio), 75.
Crick (Francis), 91.
Cugnot (Joseph), 105.
Curie (Pierre et Marie), 101.

Dac (Pierre), 56, 174.
Dalén (Gustaf), 154.
Darwin (Charles), 101, 119.
Davisson (Clinton), 110.
De Gaulle (Charles), 15.
Delacroix (Eugène), 92.
Descartes (René), 109.
Desnos (Robert), 21.
Dirac (Paul), 101.
Dostoïevsky (Fedor), 137.
Dreyer (Carl), 91.
Dugarry (Christophe), 59.
Duhem (Pierre), 128.
Duras (Marguerite), 207.

Eco (Umberto), 100.

Eddington (Arthur), 32.
Edison (Thomas), 145.
Einstein (Albert), 25, 28, 83, 91, 109, 123, 155, 211.
Ellington (Duke), 91.
Euclide, 28.
Euler (Leonhard), 46, 91.

Fabrikant (Valery), 150.
Fatou (Pierre), 98.
Faulkner (William), 109.
Fermat (Pierre de), 15, 63.
Fermi (Enrico), 110, 142, 154.
Fersman (Alexandre), 223.
Feyerabend (Paul), 101.
Feynman (Richard), 110, 131.
Fleischmann (Martian), 149.
Fontaine (Brigitte), 205.
Foucault (Léon), 100.
Frayn (Michael), 94.
Freinet (Célestin), 35.
Freud (Sigmund), 119.

Galilée (Galileo Galilei, dit), 28, 75, 91, 99, 101, 109, 116, 119, 155, 187, 202, 216, 225.
Galilei (Michelangelo), 122.
Galilei (Vincenzo), 122.
Germer (Lester), 110.
Gould (Stephen Jay), 217.
Goya (Fancisco de), 109.
Gramme (Zénobe), 107.
Groddeck (Georg), 51.
Guericke (Otto von), 109.
Guillaume (Charles), 103.

Hamer (Dean), 193.
Harvey (William), 91.
Hegel (Georg), 115.
Heilbron (John), 99.
Heisenberg (Werner), 109.
Hillis (Danny), 134.
Hugo (Victor), 33, 76, 185.
Hussein (Saddam), 201.
Husserl (Edmund), 109.

Jean-Paul II, 120.
Joliot-Curie (Irène et Frédéric), 60.
Joyce (James), 116.
Julia (Gaston), 98.
Jurdant (Baudouin), 64.

Kahnemann (Daniel), 151.
Kant (Emmanuel), 109.
Kepler (Johannes), 31, 57.
Kohn (Alexander), 149.
Kolakowski (Leszek), 173.

Lakatos (Imre), 128.
Lamb (Willis), 110.
Langevin (Paul), 101, 125, 142.
Lapointe (Boby), 199.
Latour (Bruno), 219.
Lignières (D^r de), 61.

McCartney (Paul), 72.
MacGyver (Angus), 95.
Mach (Ernst), 128.
Mahanalabis (Dipil), 18.
Malevitch (Kazimir), 109.
Malraux (André), 113, 193.
Mandelbrot (Benoît), 98.
Marie-Madeleine (sainte), 101.
Matheson (Richard), 220.
Maxwell (James), 104.
Mechnikov (Élie), 98.
Médicis (famille de), 121.
Mendel (Gregor), 91, 155.
Mendelssohn (Félix), 92.
Messiaen (Olivier), 109.
Michel-Ange, 101.
Monteverdi (Claudio), 109, 122.
Morellet (François), 95.
Mozart (Wolfgang A.), 109.
Munchhausen (Karl von), 214.

Nahon (Brigitte), 95.
Newton (Isaac), 28, 32, 75, 91, 101, 109, 155, 209.
Nietzsche (Friedrich), 11.

Index

Nobel (Alfred), 15, 17, 57, 103, 153.
Nostradamus, 31.

Oldenbourg, 209.
Oppenheimer (Robert), 216.
Owens (Jesse), 60.

Pace (Giovanni Maria), 149.
Palissy (Bernard), 86.
Pascal (Blaise), 46, 204.
Pasteur (Louis), 25, 155.
Peiresc (Nicolas de), 119.
Perrin (Jean), 101.
Picasso (Pablo), 109, 211.
Piccardi (Giorgio), 128.
Platon, 31.
Poincaré (Henri), 91, 98, 111, 164.
Pondruel (Denis), 95.
Pons (Stanley), 149.
Popper (Karl), 128.
Proust (Marcel), 111.
Pythagore, 31.

Rabelais (François), 109.
Rabin (Yitzhak), 44.
Racine (Jean), 92.
Röntgen (Wilhelm), 153.
Rotblat (Joseph), 154.
Rubbia (Carlo), 155.
Rutherford (Ernest), 110.

Saitoh (Tsuno), 149.
Sakharov (Andreï), 216.
Samakh (Éric), 95.
Sartre (Jean-Paul), 109.
Schelling (Friedrich von), 115.

Semmelweis (Ignác), 17.
Shakespeare (William), 91.
Shepp (Archie), 91.
Shoemaker (Eugen), 194.
Solovine (Maurice), 123.
Stendhal (Henri Beyle dit), 91.
Stravinsky (Igor), 109.

Tanizaki (Junichiro), 222.
Thalès, 60.
Thomas (saint), 202.
Thuram (Lilian), 59.
Tibère, 187.
Titien, 92, 109.
Tonnelat (Marie-Antoinette), 125.
Tsiolkovsky (Konstantin), 195.
Tversky (Amos), 151.

Valéry (Paul), 25.
Van Allen (James), 213.
Vernadski (Vladimir), 223.
Verdi (Giuseppe), 89.
Vitez (Antoine), 94.
Vogt (Oskar), 98.
Volta (Alessandro), 101, 107.

Wagensberg (Jorge), 37.
Wankel (Felix), 106.
Watson (James), 91.
Weismann (August), 98.
Weisskopf (Victor), 132.
Whitehead (Alfred N.), 91.
Wiles (Andrew), 63.

Yersin (Alexandre), 17.

Zidane (Zinedine), 59.

Index thématique
(et schématique)

(Les numéros de pages renvoient au début des textes où le thème est abordé)

Arts et lettres, 25, 33, 85, 91, 93, 97, 109, 131, 187, 197, 207, 211.
Astronomie, cosmologie, 19, 55, 81, 99, 115, 187, 195, 199, 203, 205.
Astronautique, espace, 27, 55, 81, 99, 115, 187, 195, 199, 203, 205.

Biologie, génétique, 19, 77, 97, 179, 181, 193.

Comptines, 13, 47, 139, 181, 225.
Culture, 59, 85, 91, 93, 119, 189, 197.

Développement, 17, 69, 159, 161, 171, 223.

Économie, 143, 159, 161, 163, 167, 173, 217.
Écologie, environnement, 145, 161, 171, 175, 189.
Enseignement, pédagogie, 23, 33, 35, 59, 63, 71, 79, 131, 163, 165.

Épistémologie, philosophie, 19, 25, 27, 29, 31, 43, 47, 67, 75, 109, 123, 127.

Géologie, paléontologie, 199, 213, 217, 223.
Guerre, 141, 153, 221.

Histoire, 91, 97, 99, 105, 107, 109, 123, 127, 187, 189.

Idéologie, 53, 77, 179, 193, 221.

Langage, métaphores, 39, 53, 203, 205, 207, 209, 213.

Mathématiques, informatique, 31, 33, 45, 63, 65, 69, 77, 97, 163, 165.
Médecine, santé, 17, 61, 77, 81, 147, 149, 151, 171, 173, 177, 179.
Mythes, 179, 187, 195, 215, 217.

Parasciences, 21, 37, 57, 75, 81, 115, 127.
Physique, chimie, 19, 53, 75, 83,

85, 97, 99, 103, 107, 109, 113, 123, 127, 131, 189, 209, 211, 213.
Politique, 119, 141, 143, 165, 189, 215.
Prix (Nobel, etc.), 15, 17, 131, 153.

Rationalité, 43, 57, 81, 169, 195, 221.
Recherche, 15, 23, 97, 103, 113, 119, 127, 139, 143, 153.
Religion, 45, 99, 105, 115, 119, 193, 201, 207.
Risques, 145, 147, 151, 175, 179.

Sexe, sport, 37, 59, 61, 65, 157, 213.
Statistiques, 31, 65, 69, 79, 143, 159, 173.

Technique, technologies, 103, 105, 157, 159, 161, 165, 169, 173, 179, 189, 215.

Vulgarisation, information, 29, 53, 55, 63, 65, 67, 83, 85, 93, 139, 157, 167, 197, 199, 201, 205, 217.

Table

Opus incertum................................. 7

Ouvrages
La science entre nature et culture................. 11
Maman, les p'tits noyaux......................... 13
Eurêquoi ?..................................... 15
Qui peut le plus peut-il le mieux ?................. 17
Les paradoxes de/dans la science................... 19
Épatantes télépathies............................. 21
Le chercheur, le crack et le cancre................. 23
La littérature e(s)t la science..................... 25
La conquête de l'espace 27
Les poissons pètent-ils ?.......................... 29
Plus vite que son nombre 31
La clé de *sol* ($\larger\flat$) et l'intégrale ($\oint$)................. 33
La tête à la pâte................................ 35
Paranormal au Parana............................ 37
(Im)puissances de dix............................ 39
Les torts de la Raison 43
Des ex-voto mathématiques 45
La Théorie que Pierre a bâtie 47

Passages
La science entre diffusion et confusion 51
L'énergie de l'électron 53
La science lyophilisée........................... 55
De l'horoscope au télescope...................... 57
La science, un drôle de sport 59
Le sport, une triste science ?..................... 61
Le théorème de Farmer.......................... 63
Sexe, mensonges et statistiques 65
Un savoir alambiqué............................. 67
Au pied du chiffre............................... 69
Atmosphère, atmosphère... 71
Mouvement perpétuel............................ 75
Allergies 77
Mieux vaut moins mais mieux 79
L'empire de la Lune 81
Vite fait, mal fait................................ 83
La gloire de la science 85

Ancrages
La science entre avenir et souvenir................ 89
Rejouer la science............................... 91
Vive MacGyver !................................ 93
Cherche et re-cherche............................ 97
Les cathédrales de la science 99
Un alliage révélateur............................ 103
Un passé pas si simple, un futur pas si sûr........... 105
L'ambre d'un doute 107
Pourquoi (re)lire les classiques ? 109
Les savants du savon 113
Des flammes du bûcher aux lumières de la science..... 115

Un entretien avec Galileo Galilei	119
Bergson/Einstein : non-lieu ?	123
Un bouillon sans culture	127
Un anti-entretien avec Richard Feynman	131

Dommages
La science entre savoir et pouvoir 137
Complaintes 139
Entre (in)compétence et (ir)responsabilité........... 141
Ah, les vaches ! 143
Aléas 145
Qui contrôlera les contrôles ? 147
Du laboratoire au prétoire......................... 149
Des vessies pour lanternes 151
Une science hors de prix ? 153
Science Inc.................................... 155
On s'aime à tout vent 157
Lois de la nature, lois du marché 159
Le rickshaw et le Taj Mahal...................... 161
Spéculations 163
La souris et le mammouth 165
Nature de la science 167
Mettre la technique à la raison 169
À notre santé.................................. 171
Le progrès de l'écrevisse 173
Qu'est-ce qu'on risque ?.......................... 175
Les pavés de l'enfer 177
Plus de peur que de mal ? 179
Souris 181

Images

La science entre mythes et faits	185
Le belvédère de Tragara	187
Les hémisphères de Magdebourg	189
Le gène de Dieu	193
Un bel enlunement	195
L'art et la matière	197
Chronos, Ouranos et Gaïa	199
Faire sa fête à la science ?	201
Le silence de l'Univers	203
Gros bang et petits boums	205
Beau comme un camion	207
La couleur de la science	209
Albert et Pablo	211
Le tissu du savoir	213
Europe et Icare	215
Dinosaures de nous autres	217
Le siècle des Ombres	221
Trous d'ozone, trous de mémoire	223
Le mouvement est comme rien	225
Index des personnages	227
Index thématique (et schématique)	233

RÉALISATION : CURSIVES À PARIS
IMPRESSION : NOVOPRINT (ESPAGNE)
DÉPÔT LÉGAL : FÉVRIER 2002. N° 54137

Collection Points

SÉRIE SCIENCES

dirigée par Jean-Marc Lévy-Leblond et Nicolas Witkowski

S1. La Recherche en biologie moléculaire
ouvrage collectif
S2. Des astres, de la vie et des hommes
par Robert Jastrow (épuisé)
S3. (Auto)critique de la science
par Alain Jaubert et Jean-Marc Lévy-Leblond
S4. Le Dossier électronucléaire
par le syndicat CFDT de l'Énergie atomique
S5. Une révolution dans les sciences de la Terre
par Anthony Hallam
S6. Jeux avec l'infini, *par Rózsa Péter*
S7. La Recherche en astrophysique, *ouvrage collectif*
(nouvelle édition)
S8. La Recherche en neurobiologie *(épuisé)*
(voir nouvelle édition, S 57)
S9. La Science chinoise et l'Occident
par Joseph Needham
S10. Les Origines de la vie, *par Joël de Rosnay*
S11. Échec et Maths, *par Stella Baruk*
S12. L'Oreille et le Langage
par Alfred Tomatis (nouvelle édition)
S13. Les Énergies du Soleil, *par Pierre Audibert*
en collaboration avec Danielle Rouard
S14. Cosmic Connection ou l'Appel des étoiles
par Carl Sagan
S15. Les Ingénieurs de la Renaissance, *par Bertrand Gille*
S16. La Vie de la cellule à l'homme, *par Max de Ceccatty*
S17. La Recherche en éthologie, *ouvrage collectif*
S18. Le Darwinisme aujourd'hui, *ouvrage collectif*
S19. Einstein, créateur et rebelle, *par Banesh Hoffmann*
S20. Les Trois Premières Minutes de l'Univers
par Steven Weinberg
S21. Les Nombres et leurs mystères
par André Warusfel
S22. La Recherche sur les énergies nouvelles
ouvrage collectif
S23. La Nature de la physique, *par Richard Feynman*
S24. La Matière aujourd'hui, *par Émile Noël* et al.
S25. La Recherche sur les grandes maladies
ouvrage collectif

- S26. L'Étrange Histoire des quanta
  par Banesh Hoffmann et Michel Paty
- S27. Éloge de la différence, *par Albert Jacquard*
- S28. La Lumière, *par Bernard Maitte*
- S29. Penser les mathématiques, *ouvrage collectif*
- S30. La Recherche sur le cancer, *ouvrage collectif*
- S31. L'Énergie verte, *par Laurent Piermont*
- S32. Naissance de l'homme, *par Robert Clarke*
- S33. Recherche et Technologie
  Actes du Colloque national
- S34. La Recherche en physique nucléaire
  ouvrage collectif
- S35. Marie Curie, *par Robert Reid*
- S36. L'Espace et le Temps aujourd'hui
  ouvrage collectif
- S37. La Recherche en histoire des sciences
  ouvrage collectif
- S38. Petite Logique des forces, *par Paul Sandori*
- S39. L'Esprit de sel, *par Jean-Marc Lévy-Leblond*
- S40. Le Dossier de l'Énergie
  par le Groupe confédéral Énergie (CFDT)
- S41. Comprendre notre cerveau
  par Jacques-Michel Robert
- S42. La Radioactivité artificielle
  par Monique Bordry et Pierre Radvanyi
- S43. Darwin et les Grandes Énigmes de la vie
  par Stephen Jay Gould
- S44. Au péril de la science ?, *par Albert Jacquard*
- S45. La Recherche sur la génétique et l'hérédité
  ouvrage collectif
- S46. Le Monde quantique, *ouvrage collectif*
- S47. Une histoire de la physique et de la chimie
  par Jean Rosmorduc
- S48. Le Fil du temps, *par André Leroi-Gourhan*
- S49. Une histoire des mathématiques
  par Amy Dahan-Dalmedico et Jeanne Peiffer
- S50. Les Structures du hasard, *par Jean-Louis Boursin*
- S51. Entre le cristal et la fumée, *par Henri Atlan*
- S52. La Recherche en intelligence artificielle
  ouvrage collectif
- S53. Le Calcul, l'Imprévu, *par Ivar Ekeland*
- S54. Le Sexe et l'Innovation, *par André Langaney*
- S55. Patience dans l'azur, *par Hubert Reeves*
- S56. Contre la méthode, *par Paul Feyerabend*
- S57. La Recherche en neurobiologie
  ouvrage collectif
- S58. La Recherche en paléontologie
  ouvrage collectif

S59. La Symétrie aujourd'hui, *ouvrage collectif*
S60. Le Paranormal, *par Henri Broch*
S61. Petit Guide du ciel, *par A. Jouin et B. Pellequer*
S62. Une histoire de l'astronomie
 par Jean-Pierre Verdet
S63. L'Homme re-naturé, *par Jean-Marie Pelt*
S64. Science avec conscience, *par Edgar Morin*
S65. Une histoire de l'informatique
 par Philippe Breton
S66. Une histoire de la géologie, *par Gabriel Gohau*
S67. Une histoire des techniques, *par Bruno Jacomy*
S68. L'Héritage de la liberté, *par Albert Jacquard*
S69. Le Hasard aujourd'hui, *ouvrage collectif*
S70. L'Évolution humaine, *par Roger Lewin*
S71. Quand les poules auront des dents
 par Stephen Jay Gould
S72. La Recherche sur les origines de l'univers
 par La Recherche
S73. L'Aventure du vivant, *par Joël de Rosnay*
S74. Invitation à la philosophie des sciences
 par Bruno Jarrosson
S75. La Mémoire de la Terre, *ouvrage collectif*
S76. Quoi ! C'est ça, le Big-Bang ?
 par Sidney Harris
S77. Des technologies pour demain, *ouvrage collectif*
S78. Physique quantique et Représentation du monde
 par Erwin Schrödinger
S79. La Machine univers, *par Pierre Lévy*
S80. Chaos et Déterminisme, *textes présentés et réunis par A. Dahan-Dalmedico, J.-L. Chabert et K. Chemla*
S81. Une histoire de la raison, *par François Châtelet (entretiens avec Émile Noël)*
S82. Galilée, *par Ludovico Geymonat*
S83. L'Age du capitaine, *par Stella Baruk*
S84. L'Heure de s'enivrer, *par Hubert Reeves*
S85. Les Trous noirs, *par Jean-Pierre Luminet*
S86. Lumière et Matière, *par Richard Feynman*
S87. Le Sourire du flamant rose
 par Stephen Jay Gould
S88. L'Homme et le Climat, *par Jacques Labeyrie*
S89. Invitation à la science de l'écologie
 par Paul Colinvaux
S90. Les Technologies de l'intelligence
 par Pierre Lévy
S91. Le Hasard au quotidien, *par José Rose*
S92. Une histoire de la science grecque
 par Geoffrey E.R. Lloyd

- S93. La Science sauvage, *ouvrage collectif*
- S94. Qu'est-ce que la vie?, *par Erwin Schrödinger*
- S95. Les Origines de la physique moderne, *par I.Bernard Cohen*
- S96. Une histoire de l'écologie, *par Jean-Paul Deléage*
- S97. L'Univers ambidextre, *par Martin Gardner*
- S98. La Souris truquée, *par William Broad et Nicholas Wade*
- S99. A tort et à raison, *par Henri Atlan*
- S100. Poussières d'étoiles, *par Hubert Reeves*
- S101. Fabrice ou l'École des mathématiques, *par Stella Baruk*
- S102. Les Sciences de la forme aujourd'hui, *ouvrage collectif*
- S103. L'Empire des techniques, *ouvrage collectif*
- S104. Invitation aux mathématiques, *par Michael Guillen*
- S105. Les Sciences de l'imprécis, *par Abraham A.Moles*
- S106. Voyage chez les babouins, *par Shirley C.Strum*
- S107. Invitation à la physique, *par Yoav Ben-Dov*
- S108. Le Nombre d'or, *par Marguerite Neveux*
- S109. L'Intelligence de l'animal, *par Jacques Vauclair*
- S110. Les Grandes Expériences scientifiques
  par Michel Rival
- S111. Invitation aux sciences cognitives, *par Francisco J.Varela*
- S112. Les Planètes, *par Daniel Benest*
- S113. Les Étoiles, *par Dominique Proust*
- S114. Petites Leçons de sociologie des sciences
  par Bruno Latour
- S115. Adieu la Raison, *par Paul Feyerabend*
- S116. Les Sciences de la prévision, *collectif*
- S117. Les Comètes et les Astéroïdes
  par A.-Chantal Levasseur-Legourd
- S118. Invitation à la théorie de l'information
  par Emmanuel Dion
- S119. Les Galaxies, *par Dominique Proust*
- S120. Petit Guide de la Préhistoire
  par Jacques Pernaud-Orliac
- S121. La Foire aux dinosaures, *par Stephen Jay Gould*
- S122. Le Théorème de Gödel, *par Ernest Nagel / James R.Newman Kurt Gödel / Jean-Yves Girard*
- S123. Le Noir de la nuit, *par Edward Harrison*
- S124. Microcosmos, Le Peuple de l'herbe
  par Claude Nuridsany et Marie Pérennou
- S125. La Baignoire d'Archimède
  par Sven Ortoli et Nicolas Witkowski
- S126. Longitude, *par Dava Sobel*
- S127. Petit Guide de la Terre, *par Nelly Cabanes*
- S128. La vie est belle, *par Stephen Jay Gould*
- S129. Histoire mondiale des sciences, *par Colin Ronan*
- S130. Dernières Nouvelles du cosmos.
  Vers la première seconde, *par Hubert Reeves*

S131. La Machine de Turing
par Alan Turing et Jean-Yves Girard
S132. Comment fabriquer un dinosaure
par Rob DeSalle et David Lindley
S133. La Mort des dinosaures, *par Charles Frankel*
S134. L'Univers des particules, *par Michel Crozon*
S135. La Première Seconde, *par Hubert Reeves*
S136. Au hasard, *par Ivar Ekeland*
S137. Comme les huit doigts de la main
par Stephen Jay Gould
S138. Des grenouilles et des hommes, *par Jacques Testart*
S139. Dialogue sur les deux grands systèmes du monde
par Galileo Galilée
S140. L'Œil qui pense, *par Roger N. Shepard*
S141. La Quatrième Dimension, *par Rudy Rucker*
S142. Tout ce que vous devriez savoir sur la science
par Harry Collins et Trevor Pinch
S143. L'Éventail du vivant, *par Stephen Jay Gould*
S144. Une histoire de la science arabe, *par Ahmed Djebbar*
S145. Niels Bohr et la Physique quantique
par François Lurçat
S146. L'Éthologie, *par Jean-Luc Renck et Véronique Servais*
S147. La Biosphère, *par Wladimir Vernadsky*
S148. L'Univers bactériel, *par Lynn Margulis et Dorion Sagan*
S149. Robert Oppenheimer, *par Michel Rival*
S150. Albert Einstein
textes choisis et commentés par Françoise Balibar
S151. La Sculpture du vivant, *par Jean Claude Ameisen*
S152. Impasciences, *par Jean-Marc Lévy-Leblond*

Collection Points

SÉRIE ESSAIS

DERNIERS TITRES PARUS

320. Introduction à la politique
     par Dominique Chagnollaud
321. L'Invention de l'Europe, *par Emmanuel Todd*
322. La Naissance de l'histoire (tome 1), *par François Châtelet*
323. La Naissance de l'histoire (tome 2), *par François Châtelet*
324. L'Art de bâtir les villes, *par Camillo Sitte*
325. L'Invention de la réalité
     sous la direction de Paul Watzlawick
326. Le Pacte autobiographique, *par Philippe Lejeune*
327. L'Imprescriptible, *par Vladimir Jankélévitch*
328. Libertés et Droits fondamentaux
     *sous la direction de Mireille Delmas-Marty
     et Claude Lucas de Leyssac*
329. Penser au Moyen Age, *par Alain de Libera*
330. Soi-Même comme un autre, *par Paul Ricœur*
331. Raisons pratiques, *par Pierre Bourdieu*
332. L'Écriture poétique chinoise, *par François Cheng*
333. Machiavel et la Fragilité du politique
     par Paul Valadier
334. Code de déontologie médicale, *par Louis René*
335. Lumière, Commencement, Liberté
     par Robert Misrahi
336. Les Miettes philosophiques, *par Søren Kierkegaard*
337. Des yeux pour entendre, *par Oliver Sacks*
338. De la liberté du chrétien *et* Préfaces à la Bible
     par Martin Luther (bilingue)
339. L'Être et l'Essence
     par Thomas d'Aquin et Dietrich de Freiberg (bilingue)
340. Les Deux États, *par Bertrand Badie*
341. Le Pouvoir et la Règle, *par Erhard Friedberg*
342. Introduction élémentaire au droit
     par Jean-Pierre Hue
343. Science politique
     1.La Démocratie, *par Philippe Braud*
344. Science politique
     2.L'État, *par Philippe Braud*
345. Le Destin des immigrés, *par Emmanuel Todd*
346. La Psychologie sociale, *par Gustave-Nicolas Fischer*
347. La Métaphore vive, *par Paul Ricœur*
348. Les Trois Monothéismes, *par Daniel Sibony*
349. Éloge du quotidien. Essai sur la peinture
     hollandaise du XVIIIe siècle, *par Tzvetan Todorov*

350. Le Temps du désir. Essai sur le corps et la parole
     par Denis Vasse
351. La Recherche de la langue parfaite dans la culture
     européenne *par Umberto Eco*
352. Esquisses pyrrhoniennes, *par Pierre Pellegrin*
353. De l'ontologie, *par Jeremy Bentham*
354. Théorie de la justice, *par John Rawls*
355. De la naissance des dieux à la naissance du Christ
     par Eugen Drewermann
356. L'Impérialisme, *par Hannah Arendt*
357. Entre-Deux, *par Daniel Sibony*
358. Paul Ricœur, *par Olivier Mongin*
359. La Nouvelle Question sociale, *par Pierre Rosanvallon*
360. Sur l'antisémitisme, *par Hannah Arendt*
361. La Crise de l'intelligence, *par Michel Crozier*
362. L'Urbanisme face aux villes anciennes
     par Gustavo Giovannoni
363. Le Pardon, *collectif dirigé par Olivier Abel*
364. La Tolérance, *collectif dirigé par Claude Sahel*
365. Introduction à la sociologie politique
     par Jean Baudouin
366. Séminaire, livre I : les écrits techniques de Freud
     par Jacques Lacan
367. Identité et Différence, *par John Locke*
368. Sur la nature ou sur l'étant, la langue de l'être ?
     par Parménide
369. Les Carrefours du labyrinthe, I, *par Cornelius Castoriadis*
370. Les Règles de l'art, *par Pierre Bourdieu*
371. La Pragmatique aujourd'hui,
     une nouvelle science de la communication
     par Anne Reboul et Jacques Moeschler
372. La Poétique de Dostoïevski, *par Mikhaïl Bakhtine*
373. L'Amérique latine, *par Alain Rouquié*
374. La Fidélité, *collectif dirigé par Cécile Wajsbrot*
375. Le Courage, *collectif dirigé par Pierre Michel Klein*
376. Le Nouvel Age des inégalités
     par Jean-Paul Fitoussi et Pierre Rosanvallon
377. Du texte à l'action, essais d'herméneutique II
     par Paul Ricœur
378. Madame du Deffand et son monde
     par Benedetta Craveri
379. Rompre les charmes, *par Serge Leclaire*
380. Éthique, *par Spinoza*
381. Introduction à une politique de l'homme,
     par Edgar Morin
382. Lectures 1. Autour du politique
     par Paul Ricœur
383. L'Institution imaginaire de la société
     par Cornelius Castoriadis

384. Essai d'autocritique et autres préfaces, *par Nietzsche*
385. Le Capitalisme utopique, *par Pierre Rosanvallon*
386. Mimologiques, *par Gérard Genette*
387. La Jouissance de l'hystérique, *par Lucien Israël*
388. L'Histoire d'Homère à Augustin
    *préfaces et textes d'historiens antiques
    réunis et commentés par François Hartog*
389. Études sur le romantisme, *par Jean-Pierre Richard*
390. Le Respect, *collectif dirigé par Catherine Audard*
391. La Justice, *collectif dirigé par William Baranès
    et Marie-Anne Frison Roche*
392. L'Ombilic et la Voix, *par Denis Vasse*
393. La Théorie comme fiction, *par Maud Mannoni*
394. Don Quichotte ou le roman d'un Juif masqué
    par Ruth Reichelberg
395. Le Grain de la voix, *par Roland Barthes*
396. Critique et Vérité, *par Roland Barthes*
397. Nouveau Dictionnaire encyclopédique
    des sciences du langage
    par Oswald Ducrot et Jean-Marie Schaeffer
398. Encore, *par Jacques Lacan*
399. Domaines de l'homme, *par Cornelius Castoriadis*
400. La Force d'attraction, *par J.-B. Pontalis*
401. Lectures 2, *par Paul Ricœur*
402. Des différentes méthodes du traduire
    par Friedrich D.E. Schleiermacher
403. Histoire de la philosophie au XXe siècle
    par Christian Delacampagne
404. L'Harmonie des langues, *par Leibniz*
405. Esquisse d'une théorie de la pratique
    par Pierre Bourdieu
406. Le XVIIe siècle des moralistes, *par Bérengère Parmentier*
407. Littérature et Engagement, de Pascal à Sartre
    par Benoît Denis
408. Marx, une critique de la philosophie, *par Isabelle Garo*
409. Amour et Désespoir, *par Michel Terestchenko*
410. Les Pratiques de gestion des ressources humaines
    par François Pichault et Jean Mizet
411. Précis de sémiotique générale, *par Jean-Marie Klinkenberg*
412. Écrits sur le personnalisme, *par Emmanuel Mounier*
413. Refaire la Renaissance, *par Emmanuel Mounier*
414. Droit constitutionnel, 2. Les démocraties
    par Olivier Duhamel
415. Droit humanitaire, *par Mario Bettati*
416. La Violence et la Paix, *par Pierre Hassner*
417. Descartes, *par John Cottingham*
418. Kant, *par Ralph Walker*

419. Marx, *par Terry Eagleton*
420. Socrate, *par Anthony Gottlieb*
421. Platon, *par Bernard Williams*
422. Nietzsche, *par Ronald Hayman*
423. Les Cheveux du baron de Münchhausen
    par Paul Watzlawick
424. Husserl et l'Énigme du monde, *par Emmanuel Housset*
425. Sur le caractère national des langues
    par Wilhelm von Humboldt
426. La Cour pénale internationale, *par William Bourdon*
427. Justice et Démocratie, *par John Rawls*
428. Perversions, *par Daniel Sibony*
429. La Passion d'être un autre, *par Pierre Legendre*
430. Entre mythe et politique, *par Jean-Pierre Vernant*
431. Entre dire et faire, *par Daniel Sibony*
432. Heidegger. Introduction à une lecture, *par Christian Dubois*
433. Essai de poétique médiévale, *par Paul Zumthor*
434. Les Romanciers du réel, *par Jacques Dubois*
435. Locke, *par Michael Ayers*
436. Voltaire, *par John Gray*
437. Wittgenstein, *par P.M.S. Hacker*
438. Hegel, *par Raymond Plant*
439. Hume, *par Anthony Quinton*
440. Spinoza, *par Roger Scruton*
441. Le Monde morcelé, *par Cornelius Castoriadis*
442. Le Totalitarisme, *par Enzo Traverso*
443. Le Séminaire Livre II, *par Jacques Lacan*
444. Le Racisme, une haine identitaire, *par Daniel Sibony*
445. Qu'est-ce que la politique ?, *par Hannah Arendt*
447. Foi et Savoir, *par Jacques Derrida*
448. Anthropologie de la communication, *par Yves Winkin*
449. Questions de littérature générale, *par Emmanuel Fraisse et Bernard Mouralis*
450. Les Théories du pacte social, *par Jean Terrel*
451. Machiavel, *par Quentin Skinner*
452. Si tu m'aimes, ne m'aime pas, *par Mony Elkaïm*
453. C'est pour cela qu'on aime les libellules
    par Marc-Alain Ouaknin
454. Le Démon de la théorie, *par Antoine Compagnon*
455. L'Économie contre la société
    par Bernard Perret, Guy Roustang
456. Entretiens Francis Ponge Philippe Sollers
    par Philippe Sollers - Francis Ponge
457. Théorie de la littérature, *par Tzvetan Todorov*
458. Gens de la Tamise, *par Christine Jordis*
459. Essais sur le Politique, *par Claude Lefort*
460. Événements III, *par Daniel Sibony*

461. Langage et Pouvoir symbolique, *par Pierre Bourdieu*
462. Le Théâtre romantique, *par Florence Naugrette*
463. Introduction à l'anthropologie structurale,
    par Robert Deliège
464. L'Intermédiaire, *par Philippe Sollers*
465. L'Espace vide, *par Peter Brook*
466. Étude sur Descartes, *par Jean-Marie Beyssade*
467. Poétique de l'ironie, *par Pierre Schoentjes*
468. Histoire et Vérité, *par Paul Ricoeur*
469. Une charte pour l'Europe
    Introduite et commentée par Guy Braibant
470. La Métaphore baroque, d'Aristote à Tesauro
    par Yves Hersant
471. Kant, *par Ralph Walker*
472. Sade mon prochain, *par Pierre Klossowski*
473. Freud, *par Octave Mannoni*
474. Seuils, *par Gérard Genette*
475. Système sceptique et autres systèmes, *par David Hume*
476. L'Existence du mal, *par Alain Cugno*
477. Le Bal des célibataires, *par Pierre Bourdieu*
478. L'Héritage refusé, *par Patrick Champagne*
479. L'Enfant porté, *par Aldo Naouri*
480. L'Ange et le Cachalot, *par Simon Leys*
481. L'Aventure des manuscrits de la mer Morte
    par Hershel Shanks (dir.)
482. Cultures et Mondialisation
par Philippe d'Iribarne (dir.)
483. La Domination masculine, *par Pierre Bourdieu*
484. Les Catégories, *par Aristote*
485. Pierre Bourdieu et la théorie du monde social
    par Louis Pinto
486. Poésie et Renaissance, *par François Rigolot*
487. L'Existence de Dieu, *par Emanuela Scribano*
488. Histoire de la pensée chinoise, *par Anne Cheng*
489. Contre les professeurs, *par Sextus Empiricus*
490. La Construction sociale du corps, *par Christine Detrez*
491. Aristote, le philosophe et les savoirs
    par Michel Crubellier et Pierre Pellegrin
492. Écrits sur le théâtre, *par Roland Barthes*
493. La Propension des choses, *par François Jullien*
494. La Mémoire, l'Histoire, l'Oubli, *par Paul Ricœur*
495. Un anthropologue sur Mars, *par Oliver Sacks*
496. Avec Shakespeare, *par Daniel Sibony*
497. Pouvoirs politiques en France, *par Olivier Duhamel*